天下篇，逍遙遊
七星劍，葫蘆酒
你就這樣長身去了江湖
自天涯滄桑風塵回来的你
大鐘鳴鼓，琴瑟竽笙
高台厚榭，邃野之居
或人何在？或人何在？
你又帶書攜酒配劍
從眼前到天涯，一路過去

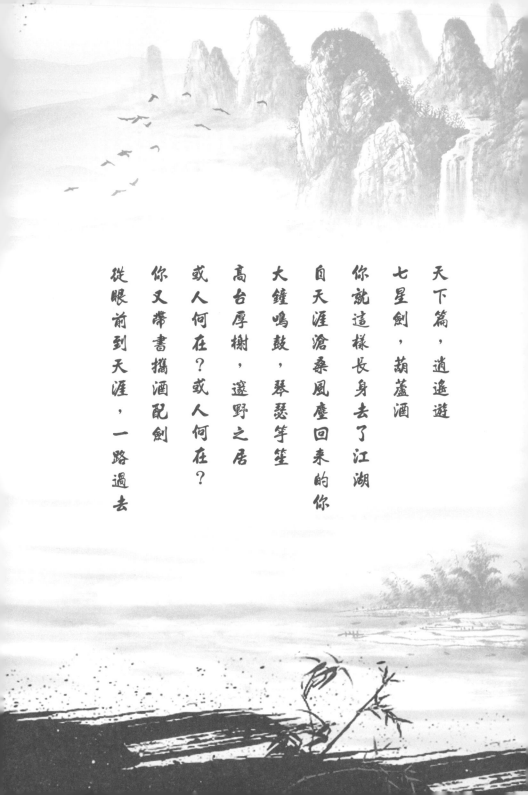

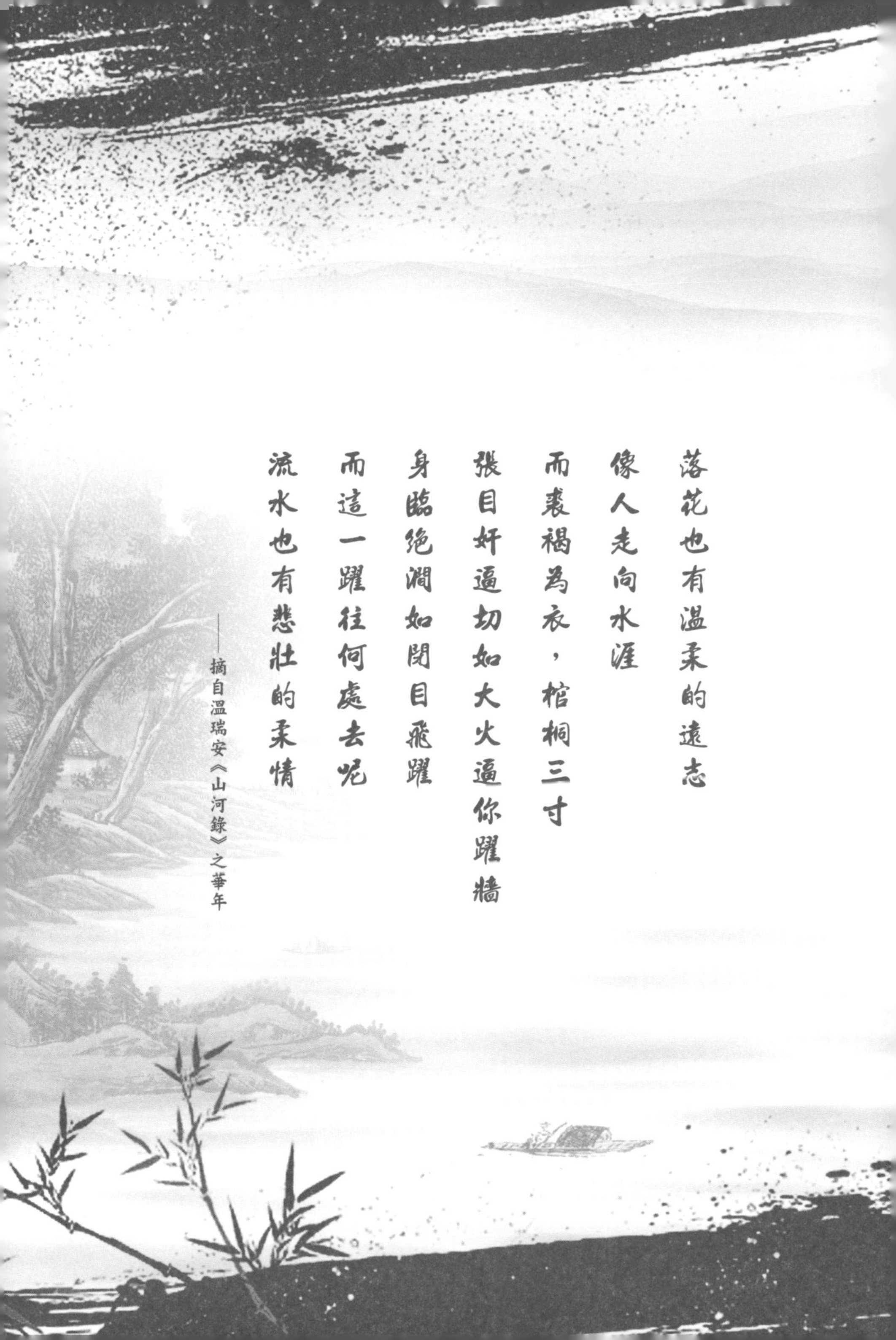

落花也有温柔的遠志
像人走向水涯
而裘褐為衣，棺桐三寸
張目奸逼切如大火逼你躍牆
身臨绝澗如閉目飛躍
而這一躍往何處去呢
流水也有悲壯的柔情

——摘自温瑞安《山河錄》之華年

四大名捕逆水寒續集

中

【十面埋伏】

武俠經典新版

四大名捕系列

溫瑞安 著

四大名捕逆水寒系列

逆水寒續集 中卷 十面埋伏

目錄

七八　勝利中相見

燕南縣本來不是兵家重地，但因金國入侵，宋土節節失陷，拱手讓人，燕南縣逐漸成爲邊防後方，顯得重要了起來。

此地民產豐庶，興旺繁盛。其中燕南鎮只是該縣的一個小鎮，賓東成的職分近於該鎮鎮長，至於郗舜才，則是官拜副參將，他個人倒沒有什麼過人之能，但卻是名福將，常莫名奇妙、糊裡糊塗的打了一些無關輕重的小勝仗。當時，宋金對壘，士氣消沉，忠勇之將領無不悲慘下場，幾曾聞宋兵得過勝仗的？且不管是數百人圍攻數十人，或對方僅是老弱殘兵不堪一擊，只要能打勝仗，定必儼然民族英雄模樣。郗舜才打的根本是糊塗仗，對方人多勢眾他偃旗息鼓往後就撤，敵方人少氣弱就窮追猛打，居然也贏了少數二、三仗，便自稱「郗大將軍」，這一帶，也沒有什麼重要守將是從朝廷遣發下來的，郗大將軍這稱號自然也沒有什麼人敢提出異議。

無情跟郗舜才談不上交情，但郗舜才卻跟諸葛先生有些淵源。郗舜才原屬蔡京愛將張貼逸的部下，雖也一樣會逢迎巴結，但畢竟堅守原則，所以並不得意官途。

在當年「千手王」京城作亂之時，他勇猛赴戰，雖未立戰功，但其奮勇護主爲諸葛先生所賞識，多方保薦，使他終有個外使參將的差事，離了蔡京、傅宗書一夥，不致同流合污。

郗舜才出來幾年，居移氣，養移體，也就發福了，人的享樂一旦多了，便不似當年勇猛了，而且當時朝政腐敗，真正敢奮勇抗敵的多不得志，陣前多是求和將兵，郗舜才眼裡瞧慣了，作戰亦是虛張聲勢而已，倒是作威作福，排場十足。

無情一到燕南，郗將軍府的管家潘天生便著他的侄兒暗地裡通知思恩鎮的賓東成。原因非常簡單：賓東城是文官，郗舜才是武將，論官階，當然是郗舜才高，論資格，卻要算賓東成老。故此，兩人臉和心不和，郗將軍有兵權，但在地方上，賓東成有著不可忽視的影響力。凡是有朝廷派下來的「貴人」，兩家都密切留意，爭相接待，好讓貴人回去美言薦舉，升官發財。

劉獨峰曾匿居思恩鎮，要賓東成不要把消息外洩，賓東成當然正中下懷。唯賓東成的家人也有郗舜才伏下的眼線，趕忙通知郗舜才，郗舜才千方百計，接待不到劉獨峰，甚至連見上一面也辦不到，對賓東成恚怒在心，幾乎破臉。

最慘重的是他派出「無敵九衛士」，以洪放爲首，追迎劉獨峰等人，不料卻因「鬧鬼」，把兩名部下朱魂和陳素的性命也丟了，派人到「十八羅漢澗」一查，發現兩人是死在刀下，要是有鬼，怎會使刀？郗舜才近年再沒膽氣，也不致信鬼神之說，故此分外氣忿。

就在他下令得力幹員追查命案之同時，也對賓東成這地方小官施壓力，限時破案，不料這日來一行人，投帖子裡寫的竟是「戚崖餘」三個字！

郗舜才一看，只覺名字好熟，卻記不起是誰。

洪放想了一會兒，忽「啊」了一聲，失聲道：「難道是他？」

洪放是「無敵九衛士」之首，是郗舜才的愛將。當年郗舜才要提擢武功高強的親信，要部下表演功夫，誰的武功高，誰便是衛士統領。幾天下來，一眾衛士，都有表現，以肉掌破磚的破磚，以空拳穿牆的穿牆，一晃眼竄上飛簷倒掛下來的也有，一口氣把同時放出籠子的兩隻鳥雀抓住的也有，他們便是佘大民、林閣、曾寶宣等人，武功都有相當造詣，但大統領這個位子，卻是旗鼓相當，爭持甚烈，誰也不服誰。

這時候洪放就站了出來。

「你們擅長的是內力和輕功，我就以內力和輕功贏你。」

郗舜才見洪放大言不慚，也要看看他的本事，教人抬出兩大袋盛滿黃豆子的沙包，要他試演鐵沙掌。

不料洪放卻道：「打沙包？把袋裡的豆子撒在石板地上吧！」

郗舜才不明所以，只好把硬豆子鋪撒在地上，洪放從容不迫的走過去，躺下輕翻，他躺到哪裡，翻身到哪裡，也不見他用力，豆子都扁爆成粉末，緊黏在石板上，眾人這才知洪放的內力，已經到了不費力而能聚千鈞之力的地步。

在喝采聲中，洪放越發得意，更加要炫技賣弄，便說：「請放鳥兒。」

郗舜才知道他要顯露輕功，不外是抓鳥逐兔，便叫人放了兩隻鳥兒，眾人以爲他頂尖兒也不過是空手追擒，不料洪放說：「不夠，再多放一對兒。」

總共是四隻鳥兒，一齊往天上放。

洪放飛掠而起，人在半空，鳥兒飛到哪裡，他的手就截到哪裡，四隻鳥兒，就在方圓十尺的半空之中，一隻也飛不出洪放雙手的天羅地網裡。

眾人看得連喝采也忘了，當真是目不眨睛，張口結舌。

洪放炫技了片刻，這才把四鳥抓住，納在口袋裡，雙手呈給郗舜才。郗舜才本來也勇武過人，一柄大刀舞得虎虎生風，輕舞可以只斷髮不傷頭皮，重使可以裂石如切豆腐，不然，當年也不爲諸葛先生所看重了。郗舜才使的大刀其實便是單刀，他在當將領時的刀法，十招中有九招半是往前搶攻，只有半招迴刀自守，但守中仍帶攻勢。近幾年來卻修成一種刀法，十刀中有九招自守，另一招純屬試探，一旦勢頭不對，立即舞圈刀花往後就走。

郗將軍把當年刀法名爲「萬夫莫敵」，近日研創的刀法稱爲「一夫當關」，他自覺刀法上大有進境，不似當年心浮氣燥，易作無謂犧牲，免成匹夫之勇云云。

郗舜才見洪放有此能耐，自然破格起用他爲「大統領」。其餘余大民、陳素、朱魂、林閣、曾寶宣、曾寶新、倪卜、梁二昌雖亦有過人之能，但自知技不如人，心中未必服氣，但也只好服膺。

這便是郗舜才屬下「無敵九衛士」的來歷。

由於洪放是郗舜才的得意部屬，所以說話極有分量，洪放這失聲一呼，郗舜才便問：「究竟是誰？」

洪放問倪卜：「是不是他？」

倪卜一看名帖，變色道：「是他！」

郗舜才不耐地道：「你們九人已剩下七人，怎麼說話還是有一截沒一截的？究竟來者何人？」

倪卜望向洪放。不該搶先說話的時候，他一向少說話。

洪放道：「無情。」

郗舜才道：「無情！」

洪放道：「四大名捕之首無情。」

郗舜才跺足揮手喊道：「這還得了！快請，快恭請，不，不，我們且出門恭迎！」

郗舜才近日雖是好逸惡勞兼且貪生怕死，但諸葛先生當日扶掖之恩，他倒是永誌不忘的，何況，無情雖然分屬捕頭，但其實是現今國師太傅諸葛先生的親信，也即是金鑾殿前的侍衛，自是非同小可，郗舜才這一聽無情駕臨，無論在公在私，都當作一件殊榮。

門房把無情、戚少商、雷捲、唐晚詞、銀劍等人接入大廳，敘了幾句，無情便吩咐郗將軍把劉獨峰、金劍的遺體好好收殮，待他日事了，再奉靈回京，風光大葬。

郗舜才見劉獨峰亡斃，爲之驚住。

劉獨峰是皇帝跟前的紅人，他領了幾個禁宮總指揮使的名銜，但最名動武林的，還是江湖上人人封他一個「捕神」的綽號，這樣一名朝廷要員，死在這個小地方，他和賓東成只怕都脫不了關係。

無情道：「劉捕神的死，我已有案目，是朝中另一高官策使的，其中還牽涉到一樁大案子，我正要回報朝廷，聽候指令。」

郗舜才知道無情有破案的把握，這才放了心。

「你可知道這案子有多嚴重？」無情問。

——大名鼎鼎的「捕神」也丟了性命，案子當然非同小可了。

郗舜才心中是這麼想。

「這件案子鬧開來，只怕要誅連不少的人，這些人，有的是皇親國戚，有的是朝廷命官，有的是權貴聞人，有的是武林名宿。」郗舜才聽得直瞪著眼，無情才接道：「你試想想，如果偵破這件案子，你也立了一個旁功，封賜升官，垂手可得的。」

郗舜才期期艾艾地道：「可是……這案子一直全仗大捕頭獨力勘查，標下迄今仍懵然不知，能免重罰，已經感恩不盡了。」

無情微笑道：「如果要你也領一功，何難之有！」

郗舜才聽出無情話裡的意思，忙道：「請大捕頭指點明路。」

無情慢條斯理的道：「將軍只要跟你手下雄兵，護送我們返京，也是大功一件。」

郗舜才立即拍胸膛承擔道：「只要大捕頭吩咐，赴湯蹈火，在所不辭！」

無情淡淡地道：「好。」遂把返京面奏聖上的情形，告知郗舜才，但把戚少商手中的血證與祕密，隱住不說，只提自己若平安回京，即能提出足夠證據，偵破此案；如果護送有功，賞贈封賜，在所必然。

郗舜才覺得這是件美差，自然興高采烈，除了急於立功之外，心中也未嘗不存報答諸葛先生栽培之心——保護諸葛先生的得力弟子無情回返京師，不但可略表對諸葛先生的敬意，也是件光采的事兒。

於是問道：「大捕頭準備何時出發？」

無情答：「明晨。」

於是，無情跟一眾人等上房歇息。戚少商等跟無情同來，郗舜才自然禮待有加，派上美酒佳肴，服侍得妥貼周到。

◇◇◇

到了晚上，無情等在商議計策。

雷捲問：「你的雙手，明天是不是可以復元？」

無情只道：「不礙事的。」

戚少商忽插口道：「我在篷車的時候，聽你曾向劉捕神說過，你的手，明日至多只能轉動，要能使勁，少說也捱到後天，完全恢復，則更費時，可是，你準備明天動身，萬一遇上了強敵，豈不危險？」

無情道：「我自有打算。」

雷捲道：「我們隨你一同進京。」

無情說道：「不成，你們早已被繪圖緝捕，不能露面，跟我同行，反而打草驚蛇，讓傅宗書那一夥人早作防患，迎途攔截。」

雷捲道：「你這樣返京，未免太過冒險。」

無情道：「過一兩天後我雙臂可運勁自如，不見得他們能奈我何。」

雷捲道：「怕就怕在這一兩天出事。」

無情道：「救人如救火，焉能延緩！我早一日回京，希望早一日能使你們不必再逃亡，早一日減免不必要的犧牲。」

戚少商道：「最多我們易容喬裝，還是一起去的好。」

無情搖頭道：「不行。你們也不閒著，也有要事待辦。」

雷捲冷笑道：「有什麼事重要得過送你返京。」

無情道：「有。」

戚少商訝然道：「什麼事？」

無情道：「你們送我回京，爲的是保護朋友，但有一群好友在『青天寨』裡，不知安危如何？你們早去一步，說不定有起死回生的絕大效用。」

戚少商一時無言。

他想起息大娘。

雷捲靜了下來，好半晌才道：「你就靠那九個什麼人將軍、無敵衛士護送你？」

無情道：「他們是官，一路上，有許多方便。」

雷捲道：「這兩天，你未復元，二娘一路上倒可相護。」

無情仍是搖首：「二娘和銀兒，另外有任務。」

雷捲望定他，眼睛裡閃著寒光，只道：「好，好，那你要一路小心，一路順風。」

無情也望定他們兩個道：「你們也是。這件事，我們是站在同一艘船上，處於同一陣線上，我們本不相識，而且各樹敵對，而今，逼使我們在一道兒的，只有兩個字：道義。」

無情道：「爲了這兩個字，我們更不能敗。我們要是輸了，不是輸去名譽，不是輸掉了生命，而是輸了在江湖上這兩個字給人的信心，予人的意義。」

「所以，」無情正色道：「你們趕赴『青天寨』。二娘和銀兒有重責在身，我返京師，我們都不能敗。」

「我們要活著相見。」

「勝利中再見。」

七九　雨與同情

淅瀝淅瀝，下著小雨。
雨絲鑽入衣衿上的脖子裡，怪癢癢的。
雨絲彷如情愁。
人生的哀愁好比無常的雨，晴時多雲，濃淡無定。
唐晚詞在郗大將軍的花園子裡。
她在等候雷捲走出房間來，向她走過來。
明天就要分手了，今晚不訴衷情，他日縱有千種風情，更與何人說？
月自東升，月在中天，月漸西沉，雷捲仍是沒有走出房來。
唐晚詞聽不到她久已盼待那一聲門開的咿呀響。
——那死東西，難道他忘了明天就是別離？
一場生死不知的別離。
——難道他太累了，睡著了？
唐晚詞卻分外明白：在別人而言，也許還會發生，但決不會發生在雷捲的身上。

——這個看來病懨懨的人，骨削肉少，但每一分每一寸都似是銅打的鐵鑄的，不怕風吹雨打煎熬磨煉的。

——糟的是連他的心看來也是鐵造的！

——不來，良夜是不能留的，爲何不來？

——不說一聲告別？

——這樣就走？

唐晚詞霍然回首，花圃仍寂寂，廂房緊掩。

——這算什麼!?

——說不定他以爲這就是瀟灑！

唐晚詞猛擷下了一朵已睡熟了的龍吐珠。

——不行！

她飛燕穿柳，飄上石階，穿過曲廊，掠到雷捲和戚少商的門前，正要敲門，忽聽裡面的人道：「你總得跟她說上一說呀。」聲音很帶點惱意，正是戚少商在說話。

隔了一會，卻不曾聽見回應。

戚少商又道：「瞎子都看出二娘對你的感情。我們這次逃難，初入碎雲淵的時候，二娘就一直往你身上盯著看。」

只聽另一個冷深深的聲音道：「往我看？那是因爲我整個病瘟神的模樣罷。」說著，乾笑一聲，正是雷捲的語氣。

戚少商似並不認爲有何可笑之處，語音更是逼人：「這句話是你心裡要說的麼？你們經過患難，有什麼事不能再在一起的？你們明天就要分頭辦事了，你也很應該去跟她說上一說呀！」

雷捲忽道：「你明天真的要趕去『青天寨』？」

「易水南，拒馬溝，青天寨，那自是要去的。」戚少商道：「只不過，不是明天。」

雷捲道：「你要等到無情雙手復元？」

戚少商道：「至少也要護送他一兩天。」

雷捲道：「我也是這個意思。」

戚少商道：「青天寨勢威雖大不如前，殷乘風懷憂喪志，但以拒馬溝的實力，天險地絕，只要穩守慎防，文張、黃金鱗、顧惜朝十天半月間，還未必能拔之得下。無情身負重任，而又傷重未癒，就花上一兩天工夫護他，也理所當然。」

雷捲道：「看來無情堅持不要我們護送，其意甚決，我們一路上暗中保護就是了，不必道明。」

戚少商道：「是。」說到這裡，略爲一頓，又道：「不過，二娘那兒，你還是應該跟她敘別的。」

雷捲語言中顯示極大的不耐煩：「我自省得。這事與你無關，你也別費心了。」

戚少商道：「這事當然跟我不相干。你兜了個大圈子，目的也在於不想談此事，我是知道的，不過，你總不能辜負了二娘對你的一番情意。」

雷捲冷笑道：「那麼，當年你又辜負了大娘對你的深情厚意？」這句話方才出口，雷捲也自覺用語太重了一些。

戚少商默然了半晌，澀聲道：「是。我負了她，我誤了她，我害了她。」

雷捲心中覺得愧疚，反過來安慰他：「也不是這麼說的，萬事都有因緣在，強求無用，當日你倆各是一方之主，卻不能結爲鴛盟，這一場動亂，反而把她跟你撮在一起，這也不是姻緣有定嗎？」

戚少商道：「這只是累了她，還不知道要累她多久。」他深吸一口氣，又道：「我和大娘的情形不同。以前，我自命風流、拈花惹草，大娘是一個專情女子，她忍不了我的作風，才天涯遠去，自創局面；捲哥，我知道你是一個不易動情的人，但凡不易動真情的漢子，一旦注入深情，怎可輕易自拔？你跟二娘，正好天生一對，你又何苦強作情薄，何必矯情！」

雷捲惱道：「我矯情？你這是——」忽又深深的嘆息一聲，「我不是矯情，而是我這個殘薄的身子，是有情不得的。」

戚少商似吃了一驚。在窗外偷聽的唐晚詞乍聽也吃了一驚。她從第一眼見到雷捲起，便知道他的身子單薄，但決沒有想到這麼嚴重，心裡也急欲細聆下去。

「我身上受過十七八種傷，而且，我自己知道，我肝臟間有一處惡瘤，那是內力化解不了的，一旦發作，斷無倖理。」雷捲望著窗外下著的小雨，怔怔的說。其實，要不是風聲雨聲，憑雷捲與戚少商的警覺，斷無不知唐晚詞已在門外之理。「這數年來，我愈發制不住惡瘤的發作，看來也不久於人世了，我怎忍再惹情障，害了二娘呢？」

雷捲說話，不住的咳嗽起來。

他的人在厚厚的毛裘裡，但抖得就像一個在寒冬裡未披衣的人。

戚少商顫聲道：「捲哥，你，你此話當真……？」

雷捲竭力忍住咳嗽，慘笑道：「我騙你作甚？俟險難過後，我再見著她時，也只跟她說：你這厚顏跟我做什麼！我不喜歡你！」

戚少商還待說話，驀地砰然一聲，門被打了開來，一個絕色女子，目光泛淚，銀牙咬住紅唇，一上來，劈手就摑了雷捲一記耳光。唐晚詞出現得太突然，雷捲也忘了閃避。

也許他也不想閃躲。

唐晚詞一跺腳，雙目噙淚，吐字如劍：「你說什麼？你再說一遍！」

雷捲撫摸熱辣的臉頰，一時說不出話來。

唐晚詞竟走上前來，攬住了他，一頭伏在他肩上，哭了起來：「我告訴你，無論你說什麼，做什麼，你打我，趕我，罵我，我都要跟著你。你不要跟我在一起，今晚，我偏要依著你，看你能把我怎樣！」

雷捲想勸開唐晚詞，手觸處只覺溫香玉軟，唐晚詞梨花帶淚，更添嬌艷，一時心都疼了，腦也亂了，整合不出一句話來。

唐晚詞忽又笑了起來，嗔喜之間，淚猶未乾，笑靨嬌美已極，雷捲一時看得呆住了。

戚少商笑著摸摸鼻子：「我出去一下，明天我們依照約定行事。」也不理雷捲的反應，一縱身就躍出房去。

唐晚詞用手撫摩雷捲的臉龐，眸子透露出萬種癡迷，紅唇微翕：「明天，明天我們就要分手了嗎？」

雷捲的心，也熱了起來，憐惜的注視她，「妳明天非去不可嗎？」

唐晚詞整個人都溫柔可可，全不似平時的英氣凜凜。她眼神掠過一陣黯然，但非常肯定地點了點頭。

雷捲捧起她的臉靨，問：「是什麼任務？」

唐晚詞一雙秋水般的明眸，簡直要把他浸沉在其中。「誰也不能告訴。」她搖搖頭，「我會在路上想你，」她摸摸自己的胸脯，又把玉掌按在雷捲瘦削的胸前，「你在路上，不要出事，你在我心裡，無論你在哪裡，我呢？在不在你心裡？」她微揚首問。

「妳也不要出事。」雷捲被一股潛伏已久突然奔瀉的深情感動得全身都似燃燒起來一般，「無論妳去哪裡，我都惦著妳。」

唐晚詞笑了，白了他一眼，她那略帶沙戛但韻味深迴的語音道：「剛才，你又說出那樣子的話來？」

雷捲嘆息般喚了一聲：「二娘。」

唐晚詞揚首，翩翩的瞅著他，用鼻音應了一聲：「唔？」

雷捲用手撂了撂她額前的髮絲，看著她，忍不住爲那一雙明靜的眸子而嘆息，嘆了一聲，意猶未盡，又嘆一聲，終於問出了他心中一直想問的話：「妳爲什麼要對我這麼好？」雷捲決定要問個明白，「妳是不是同情我？可憐我？」

唐晚詞望了他一眼，深情轉爲冷銳。她離開了他的懷抱，也撂了撂髮絲，說：「你的毛裘真暖。」

「你瞧，我這句話，無疑是說，我在你身上得到溫暖，受到你的照拂，可是，世界上偏偏有些人，把自己當作是冷的，這樣就要暖也暖不起來了。」

唐晚詞一面說著，一面俯臉在看一盞八角小燈的燈蕊，她用手烘焙著，眼睫毛在燈光下長長的眨著，「我是上了年紀的女人，而且，曾在青樓裡混過，自然可以說是閱人無數。在樓子裡，有錢有面的爺們自然教姐兒巴不得出盡渾身解數，但也有的沒銀兩，卻是俊俏哥兒、文人雅士、還有懂得使姐妹服服貼貼的漢子，一樣是受歡迎的人物。」

「其中還有一類人，那是或四肢殘廢、或天生畸型的苦命人，他們有的是瞎子，有的是侏儒，有的遭意外斷了手腳，有的病得奄奄一息，我們在行有餘力，莫不顧恤。你別以爲我們青樓女子，就狠心冷漠，我們大多數也是薄命女子，不得已才墜落風塵裡，所以，不少人仍秉著善心，對那些殘障的可憐人，布施捐獻，不落人後。」唐晚詞瞧著自己略爲粗糙的手指，夾著一朵龍吐珠，在燈下細瞧著。

雷捲也細聆著。

「這般說來我們姐兒們都安著好心眼是不是？其實那也不盡然。我們好比窮人遇著乞丐，因而提省自己雖比上不足，但仍比下有餘。」唐晚詞的薄唇在燈下艷得像滴蠟的紅燭，「我眼看有幾個姐妹，她們不但布米捐帛，甚至以千種溫柔、多方呵護一些落難書生，還有特別體恤照顧幾個天生殘廢醜陋的可憐人。我初以爲她們全是善心誠意，不禁由衷佩服。但旋又發現，這些可憐人全生了依賴，依附在她們的身上，連奮鬥的志氣也沒有了，只伸手待人施捨，以爲自己盡得女人青睞，天生有貴人相助，便洋洋自得，不圖上進，這樣下去，這些雖有缺憾但仍有作爲的人，反給這些仁慈施予害了。」

「僞善誰不會作？三數句溫柔話兒、幾日夜溫柔照拂，誰不會做？只是把有志氣的人，全變成了女人手上的粉團兒，這男人賣弄他的自憐、自傷，有時又弄得過分自負、自信，反而滿足了姐兒們作活菩薩、能助人的意圖。」唐晚詞臉上有一種接近譏刺的笑容，眼角魚尾紋裡漾出了一種熟讀人世的滄桑，「做好事誰不會？聽說過嗎？京城裡有人樂善好施，見殘廢傷眇者就捐贈布施，於是便出了一個拐人販子和組織，專把小孩抓了去，挖目斬手，有時只砍剩一隻左膀子，放他們在大街求乞，幕後操縱人便全倒入自己私囊裡，這樁案子，後來終爲人所偵破，想你也有所聞，這樣說來，自以爲行善的人，反而是在作惡了。」

「其實要捐點小錢，偶爾照料一下弱小，又有何難？同時可以自覺分外的高貴，對女人而言，都有一種母親待兒女般的得意，可嘆的是，那些被照顧的殘陋者，不知是僞善，莫不以爲這便是真情，以爲世間真有此不變之情，死心塌地，到頭來這些姐兒們都只管逗引、不動真情的，免不了真相大白，一走了之，可憐人便知道自己仍是自己，非自立圖強不可，但已欲振乏力，其心中所受之創，何嘗只見於外形！」唐晚詞道，「她們照顧過了，過上抉擇，便不顧而去，或把善心做足了，自己滿意之後，漸漸生厭了，不再假意柔情，這都不啻是使身體有缺憾的貧弱者，更受心靈上的創傷。」

「我那時看了就感覺到：如果我是善的，就拿出實際的幫助，絕不溫言甘詞，而是激揚踔厲，不是讓他們自作多情，而是要他們發奮圖強。如果高興就發一發慈悲心幫他一下，反正也不是跟他一輩子的事，這樣不如不幫，我寧可不行善，要行善則要行徹，僞善我是萬萬不幹的。」唐晚詞語鋒如刀，「當年，我初見納蘭，他貧而有志，文采蓋世，他是既狷又狂，不過決不是軟骨頭，在脂粉叢中，他亦不改其狷，在落難挫境中，不易其狂，也不藉文士風流之名來行污穢之事，我就喜歡他這傲然不拔。」

一提到納蘭初見，她的語氣就愈漸溫柔起來，「他是不需世間予同情的人。那才是我心目中的男子漢。由於我粗通醫理，我初見到你的時候，便曉得你有七八種頑疾纏身，戚少商被砍斷了一臂，身上十七八道傷，但那只是外傷，你患的，是別人看不見的，卻無時無刻不煎熬著你五內的傷。」

她艷艷柔柔的一笑。「可是你，一副孤高無人可近，自潔傲岸的樣子，身上的傷，重得不能再重，但卻不許任何人碰你，殘弱的身子在那兒一站，彷彿人人都受你保護似的。我看了，便想去惹你，但另一方面，卻又敬你。」她偏著頭兒，雙手十指交剪著負在背後，剪水雙瞳斜乜看雷捲，問：「這前後我都說了。我跟你是相依爲命，共度患難，這其中沒有誰是弱者，就此相濡而來。你看我像是爲了同情你而接近你嗎？你想想自己是不是個需要人可憐的人呢？」

她沒有等雷捲回應，便說：「剛才我的說法，很多姐妹們都笑稱我爲不慈不悲唐觀音，只有大娘跟我說：晚詞，世人只知行小慈小悲，唯你能持大慈悲心。可惜，我們行事下手，都辣了一些，夠不上善行兩個字。」

雷捲向她微微笑道：「妳表面上不施同情，其實是讓人不必再求同情；妳所作爲看起來無情，其實比誰都多情。」

唐晚詞刮臉羞他：「你幾時學會那麼甜嘴滑舌的！」

雷捲笑著摟住她。一具熱力四射的胴體在他身邊輕輕扭動，雷捲不禁爲之動心，只喚道：「二娘……」

忽聽雨聲中，一陣噪吵。

有人大聲呼道：「有刺客！」

有人大喊：「拿下！」

也有人喝道：「住手！」

有人叱道：「是自己人！」

最後那個聲音，正是無情。

雷捲與唐晚詞彼此看了一眼，一齊飛身掠出上房，直撲堂前。

八十　獨臂毒劍

雷捲與唐晚詞掩撲至堂前，才發現無情、戚少商及洪放等數名侍衛都在。倪卜、曾氏兄弟、林閣等人正在收回拔出的武器，而有兩名小童，生得精乖可愛，跟銀劍聚在一起，臉上都洋溢著久別重逢的親熱。

無情道：「是在下的兩名僕僮，誤闖府上，驚擾各位，恕罪恕罪。」眾人才知是銅、鐵二劍僮。

只見兩名小僮，都衣衫破損，唇焦額汗，唐晚詞便端水給二僮喝了，二僮似有滿腹的話要說，這時連郗舜才也驚動了，由梁二昌和余大民拱護著出來，無情再解釋數句，便與率先發現有人闖入的戚少商，以及雷捲、唐晚詞等，走入內房，這時兩僮雖未說明情形，但四人心頭沉重，可以揣想得出「青天寨」必有不利的變動。

本來「青天寨」派出了數十人，喬裝打扮成息大娘、鐵手、赫連春水等，確已把追兵引走，殷乘風著副寨主盛朝光派人打聽，知道黃金鱗等果然中計，心懷稍寬，向鐵手、息大娘、高雞血、赫連春水、唐肯、喜來錦等報告這個大好消息。

殷乘風向謝三勝和姚小雯嘉許地道：「兩位計策確是要得，可把那一群煞星引出三十里，看來再過二十餘里，官兵便會兵分二路，一往翼東山，直撲浮塘，難免在三官廟窮耗著；一往南下，經過墳山，會被我們的人引領到柴家集一帶繞圈子，非要二、三十天不可能回頭，這可是你們誘敵之功，免戰得勝。」

謝三勝謙道：「主要還是殷寨主派出去的人，精於易容，敢於誘敵，擅於隱躲，才把黃金鱗一干狗蛋搞得團團轉。」

息大娘盈盈立起，向謝三勝姚小雯和殷乘風等揖謝道：「兩位妙計退敵，自是該謝，殷寨主和各位對咱們患難相助，秣兵厲馬、嚴防厲守，更是銘感五中，謝猶覺輕。」

殷乘風、謝三勝、姚小雯、盛朝光、薛丈一五人全都回禮，薛丈一還大聲道：「大娘客氣作啥？我們只是做該做的事，這樣道謝，反而顯得我們做得勉強、做得艱難，不要謝不要謝，千萬謝不得。」

息大娘眼尖，覺得謝三勝站起來還禮時左邊上身似有些不便，就問：「謝兄身上可帶著傷？」

謝三勝說道：「舊傷，已癒，不礙事的。」

息大娘回盼了赫連春水一眼，又向青天寨一眾好手道：「官兵已去，我等也應趁此告辭。」

殷乘風奇道：「官兵才剛剛拔隊，鐵二哥等傷勢仍未復元，何不多待一頭半月，待風平浪靜後才走？」

赫連春水道：「鐵二哥就先留在此處，養好傷再說，我在易水對岸八仙台那兒，住著家父的一位世交，可不妨先到那兒避避再說。」

殷乘風還未說話，盛朝光已問道：「在八仙台住的朋友？想必是令尊赫連大人當年八拜之交，人稱『鬼手神叟』的海托山了？」

赫連春水近日來跟「青天寨」的相處，知道盛朝光粗中有細，心思縝密，博見多聞。海托山在這一帶頗有盛名，原是名綠林大盜，跟赫連春水的父親赫連樂吾不打不相識，一正一邪，結爲知己，海托山從此洗手不幹，官府也不再追究，主要便是赫連神侯託情說項，還使他在易水以南一帶作了個舉足輕重的紳董州官。海托山出身武林，頗瞭解黑白兩道的難處，青天寨的實力強大，在武林中素有清譽，而且決不欺侵良民百姓，海托山的兵馬也從不煩擾南寨，彼此一向相安無事。盛朝光一聽赫連春水要往八仙台投奔，左右一想，便知道必是海托山莫屬了。

果然赫連春水答：「便是海伯伯。」

盛朝光不再打話，望向殷乘風，殷乘風道：「有幾句衷心話，說了得罪人，公子不要見怪。海老武功雖高，尤其擅發『地心奪命針』，稱絕武林，但若論兵強馬壯、人多勢眾，『青天寨』多年基業，只怕要比八仙台的朋友稍強上一些，諸位又何不留在敝處，卻要再冒險露臉，過江投奔？難道是敝寨有怠慢之處，冒犯了諸位不成？」

赫連春水忙說不是，一時不知如何推託。原來息大娘昨晚已找他和高雞血一眾人馬議定，叨擾「青天寨」已好些時候，而今追兵眼見已被騙追錯了方向，正好趁此離開，以免見好不收，萬一牽連南寨，吃官府大軍圍剿，跟毀諾城、連雲寨一般下場，豈不疚悔無及？因念及此，息大娘深覺殷乘風大有難處，處境微妙，犯不了為自己等人而惹上大禍。赫連春水便提出海托山這個去處，息大娘想：海托山在綠林時心狠手辣，但一向以義氣為重，而今當了見得光的官，大概也不會忘了武林同道的義氣，至於手段夠毒，正好可用來對付文張、黃金鱗、顧惜朝那一干毒人。

不料殷乘風卻極力反對。

息大娘只好道：「寨主及各位兄弟待我們恩重如山，款待厚遇，我們焉有不知？我們在此已度過最危艱的劫難，不能再拖累諸位，故走投海神叟，也好讓貴寨恢復常業。」

薛丈一搖頭大聲道：「說錯了，說錯了。」

盛朝光接道：「諸位來此，是看得起南寨，是敝寨無上光榮，不怕諸位笑話說一句，敝寨一向自耕自織，自吃其力，偶看有為富不仁的，下山出溝，打打秋風，諸位在這裡，哪有影響我們什麼作業！我們可不是開黑店的，諸位來店裡歇腳，便讓不出上房招待其他客人！大娘卻是過慮了。」

薛丈一又搖頭擺腦的說：「說對了說對了。」

息大娘心頭感動：「實不相瞞，我是怕官兵搜追了個空，轉疑貴寨，回來重搜，這樣連累大家，我們於心有愧。」

盛朝光問道：「諸位如躲在海托山那兒，萬一給官府知道了，就不會牽累海家麼？」

息大娘被問得一時啞口無言。殷乘風道：「諸位，這可是你們的不是了。你們寧可牽累神叟，不願連累我們青天寨，可不是把南寨兄弟的熱血看作寒冰嗎？」

高雞血連忙站了起來，說道：「寨主言重了，是我們多慮，請諸位大哥萬勿介懷。」

殷乘風這才展顏笑道：「既然如此，如承各位仍看得起，那就再在敝寨多盤桓數日，待鐵二哥、息大娘的傷痊癒再說罷。赫連公子，你的指頭仍滲著血哩。還有高老闆，你那張臉，還不仍綳著傷布嗎？這樣走出去，穿府越縣的，豈不招搖？」

高雞血的臉可是給尤知味行刑逼供時打砸的，不提起這件事尤可，提起來他就把尤知味恨得心癢癢，一路上已不知打還尤知味多少記耳光、踹了他多少腿子，不過都沒下重手就是了。

高雞血摸摸那張臉，手指觸著的不是裹傷的布帛便是疤結，心中恚怒，息大娘見殷乘風等拳拳盛意，知道不好推辭，便說：「如此，還要再叨擾幾天了。」

謝三勝忽道：「大娘是怕追兵回頭？」

息大娘道：「文張、顧惜朝都是極精明的人。」

謝三勝道：「我有辦法。」遂向殷乘風道：「請寨主給我三數人馬，我跟姚師妹出去一趟，布下疑陣，就算追兵發現不對路，回頭尋索，我也留下線索，要他們往易水北支方向誤折，直入老龍口，這樣把他們攪得團團轉的，以絕他對青天寨之疑。」

殷乘風猶豫地道：「這危險啊。」

謝三勝微微一笑道：「我自有把握。」

姚小雯站出來向殷乘風抱拳道：「我願隨謝帥哥一道去，請准寨主。」

殷乘風沉吟一陣，道：「我跟你一道去。」

謝三勝即道：「寨裡的事，還要寨主主持大局，我和姚師妹便綽綽有餘。」

殷乘風道：「不如，盛副寨主且隨你們一道，他足智多謀，地面又熟，可能有幫助。」

謝三勝也不再推搪，盛朝光卻向他和姚小雯表示親熱，道：「你們本是客人，卻為此事跋涉，偏勞偏勞。」

謝三勝說：「什麼話，自家人！」

便由謝三勝、姚小雯挑了「迅雷」、「疾雨」堂四名好手，盛朝光則挑了「追風」堂兩名精兵，拜別而去。

九匹快馬，疾馳出拒馬溝。

謝三勝策馬趲程，往翼東嶺山路追去，追了近十里，已接近寧家鋪子，盛朝光雙腿一夾，追上了謝三勝與姚小雯，在風裡嚷道：「兩位是要追上官兵麼？」

謝、姚二人勒韁放𠯫，按轡徐行，謝三勝笑道：「當然不是，追上去給官兵殺麼！」

盛朝光道：「兩位這樣的打馬奔馳，只怕不消半日，便要碰上官兵了。」

姚小雯知是打趣，巧巧的笑道：「我們先趕去寧家鋪子，再作計議。」

盛朝光道：「好，寧家鋪子村口有一座花神廟，荒廢已久，可先到那兒再作安排。」

再馳一程，已接近了花神廟，盛朝光一看道上蹄跡，便道：「官兵昨晚曾在此處落腳，」又眺了眺廟頂，伸手攔阻道：「不要過去。」

姚小雯奇道：「爲啥？」

盛朝天指指天上的一股灰煙，道：「那是廟子裡有人生火，這一帶村民，都傳廟給邪神占了，平素不敢入內，黃金鱗、文張、顧惜朝不愧能人，可能見追蹤的方向勢頭不對，一路上留下人來監守，想必還有傳書健鴿，方便通訊。」

姚小雯道：「副寨主果然細心。」

盛朝光道：「只是因地頭熟而已。不如我們繞道往野墳地去聚議，准沒人料著。」

謝三勝道：「好。」

三人又繞了道，往墳地馳去。

到了野墳地，東一塚，西一堆，還留有半爿陽宅，破落不堪，盛朝光道：「在此歇歇罷。」遂取出乾糧，分予大家吃。

謝三勝也命部下取出水囊，供大夥飲用。

盛朝光忽道：「我倒有一計。」

謝三勝湊近問道：「請教。」

盛朝光邊吃邊道：「狗官既派人留守此地，我們不如挨到晚上，掩殺過去，把人擒下，逼問他們聯絡之法，萬一顧惜朝等人警覺折回，我們也以其人之道，把他們擰個團團亂轉。」

謝三勝豎起大姆指讚道：「好辦法。盛副寨主不愧智勇雙全。」

盛朝光謙辭道：「我看謝老弟和姚家妹子才是成竹在胸，真人不露相，不像我這半桶子這一路格登響。卻不知兩位打算怎樣著手？」

姚小雯見盛朝光吃得告一段落，便把水囊遞了過去，說道：「文張、黃金鱗、顧惜朝這些都是聰明人、老江湖，沒有理由不曾防著青天寨出手救人，只不過，他們見前面獵物仍在逃，是故尚未生疑罷了。」

盛朝光咕嚕咕嚕喝了幾口水，這一路來趕程，渴比飢甚，出汗太多，更需水份補給。一邊說：「對呀！所以，一旦他們發現走了冤枉路，還是很可能疑心到青天寨上頭去。」

謝三勝走近盛朝光，盛朝光把水壺遞了給他，謝三勝接過：「這似乎是無可避免的。」

盛朝光笑道：「我總覺得謝老弟已有萬全之法，」目光落在他左膀子上：「我也總覺得……謝老弟的左手，似乎——」

謝三勝笑問：「似乎怎樣？」

盛朝光道：「似乎不大靈便。」

謝三勝爽快地撕下左手袖子，露出一雙巧奪天工、不細辨幾乎分不出來的木製假手，「我的確只有一隻手。」

盛朝光詫異地道：「沒想到是真的。謝老弟的手是啥時遇事的呢？」

謝三勝道：「我的手，是給一種毒物咬斷的，」他把衣袖掀至肘部，湊近盛朝光，邊道，「你看，當年留下這傷口——」

倏然，玎的一聲，那假手的肘部疾射出一枚小刺蝟團般的暗器！

盛朝光大叫一聲，仰身便倒，鋼針掠臉而過，身子一仰立即彈起，鯉魚打挺，又站了起來。

謝三勝手中的水壺，激噴出一道水箭，射在盛朝光的臉上，盛朝光掩臉拔劍，謝三勝一劍已剁下他的右腕，姚小雯的短鋒鋸齒刀，一個衝步，全扎入盛朝光的腰脊裡去。

盛朝光慘呼半聲，挺著腰痛跳幾步。半身側倚著一棵老樹挨倒下來，仍瞪著眼睛厲視兩人。

謝三勝把劍壓在靴子一抹血跡，邊笑道：「盛副寨主，你完了。」

盛朝光艱辛地道：「你不是……謝三勝！」

謝三勝點頭道：「真正的謝三勝早已給我在途中殺了，我是『獨臂劍』周笑笑，她是『天姚一鳳』惠千紫，我們犯了大案，還殺了九九峰的連目上人，被無情一路追緝，躲到這裡，都怪你那位年輕寨主，根本弄不清楚我們是什麼人，便收留了我們。你居然看出我一隻手有點異相，可惜你向以爲我是謝三勝，自然就未聯想起一向有『獨臂劍』之稱的周某了。」

盛朝光想說話，一開口，就吐血。

周笑笑道：「你覺得自己反應不如平時快，才著了道兒是不是？也罷，這教你死得心服。這袋子裡的水，是加了料，要是毒藥，以你精明，未曾喝下便已覺察，要是蒙汗藥，只怕也騙不過你，我只下了輕量的迷藥，你喝了也沒什麼，決不致暈迷，只反應遲鈍了一些；只要你慢了那麼一些些，又怎麼躲得掉我們的暗算？」

轉首問惠千紫：「是嗎？」

惠千紫也笑了：「他已聽不完你這番話了。」

盛朝光已然死去。

他死時仍瞪著眼睛。

他死的時候，他帶去的兩名「追風堂」弟子，也在其他四人的出手狙擊之下身亡。

惠千紫呢聲笑向周笑笑，道：「下一步？」

周笑笑摟著她，一臉邪笑道：「咱們師兄師妹，好久不曾親熱親熱了。」

惠千紫的樣子也姣得似滴得出水來：「他們還在啊。」

周笑笑道：「還不簡單，叫他們把守在廟裡的官兵請過來，我要鏟平無情所有的線、除掉他所有的朋友，然後仗官府的力量，重新做個頂天立地的英雄！」

惠千紫斜睨著他，那笑意說有多媚就有多媚，道：「英雄？不知你要做個哪一門道的英雄？」

周笑笑用手擰擰她的臉蛋：「做個難過美人關的英雄！」

◇◇◇

周笑笑與惠千紫只帶兩員弟子回寨，向殷乘風報稱：「已布署穩妥，縱官兵折回，仍必被引走，盛副寨主因不放心，轉領四名弟子沿路布局，以引官兵上當，一二日即返大寨。」

性情。

殷乘風深信不疑。他知道盛朝光一向審慎，智計多端，這等作爲正合乎他的性情。

殷乘風畢竟不是伍剛中。

要是老寨主「三絕一聲雷」伍剛中，自然就會知道盛朝光既然一向審慎，便斷沒理由自作決定，不先作稟即行離寨有所行動。殷乘風畢竟仍太年輕。

他要派薛丈一在這數日領一舵弟子嚴加防守青天寨，卡子暗樁，一直設到寨外三十里外。

周笑笑問：「官兵已不可能折回，何必這般費事？」

殷乘風答：「還是不能大意，以策萬全。」

周笑笑道：「既然如此，請寨主也發兩堂弟子，讓我和師妹列入暗卡，以盡棉力。」

息大娘、赫連春水、高雞血等知道事因自己等人而起，也向殷乘風請將巡防，殷乘風只有五堂弟子，把一堂弟子，交謝三勝與姚小雯，另一堂則交給傷得較輕的唐肯和喜來錦布防，五舵輪流列班。赫連春水及高雞血也不閒著，把帶來的人手作調配，也參與戍守。防範歸防範，眾人聽說官兵已經遠去，莫不鬆了一口氣。但真正的意外，常常都是在人鬆一口氣的時候發生的。

八一　禍患

尤知味身上被下了七道鐵鎖。

這幾日來，壓根兒就沒有什麼人理會他，南寨的人知道他曾出賣朋友、害死禹全盛；都對他十分鄙夷、憎惡，有一餐沒一餐，或在餐中偷工減料，甚至在飯肴中加料炮制，故意整治他。

尤知味之前美酒佳食，最擅巧手調味選肴，而今面對粗食淡水，都求而不得，苦屈之處可想而知。

不過，他倒希望赫連春水等人把他忘記，尤其是高雞血，因恨他殺死禹全盛，一見著他就拳打腳踢、詛罵咒斥，尤知味早已遍體鱗傷，見著胖影子就害怕。

日子實在難熬，尤知味總是盼望官兵早日攻下青天寨，所以無論再怎麼苦，都要熬下去。尤知味怕的是死。

自古以來，沒有什麼人是不怕死的。一個人活得好好的，誰願意死？只有在活得不如意、不自由、不順遂，或為了免除痛苦、堅持原則，才會自尋死路，尤知味拚著活一天是一天，也要活下去。

只是他不大明白爲何自己還未遭到毒手。

不過，他很快也想通了。

息大娘進來了兩次。

一次令他道出了「滋味粥」裡放的「五股煙」的製法，一次使他交出了另一種有色美味的毒藥「笑迎仙」，並還逼他逐步說出幾種特殊珍肴的祕製方法，看來，這便是把他「留著不殺」之用處。

——只是這種「留著不殺」，恐怕遲早仍難免一死。

尤知味無時無刻不在想盡辦法逃，可是身上有三處要穴被封，扣上了七道鎖鍊，外面還有每天三組、每組七人在戍守，尤知味自知逃不出去。

——假使逃不出去，被抓回來，可能反致對方動了殺心！

——好死不知賴活。

——只要不死，總有機會。

尤知味終於有些明白了戚少商、息大娘這一行「逃亡者」的心境。

身在憂患動盪中的人，只求活得平安無事。

已經活得安穩的人，才要求生活多采多姿，要遂青雲之志。

遂了大志又如何？那時候，又有更高的奢望、更多的欲望，人的欲求，是永遠不會有止境的。

尤知味開始後悔，他何必要幫顧惜朝幹這件出賣武林同道的事情，他大可以兩不相幫的。也許，他一向都在暗自憎忿息大娘跟戚少商的深情相知，或許，他無法忍受息大娘除了邀他助拳之外，還有赫連春水、高雞血這兩個「情敵」的插手，他知道相幫反而不見得會受息大娘青睞、重視，卻寧可做那出賣朋友的事，如此，息大娘才會明白他的舉足輕重，後悔不該薄待他。

——如果息大娘只求他一人相幫，他會不會幫呢？

尤知味捫心自問：如果息大娘真只求他一人，他倒真的會為她賣命，絕對不會幫顧惜朝來倒戈相向的。

他在「安順棧」制住了息大娘一干人之後，曾故意當眾說過：「我要把其他人都殺光，把大娘的身子也要了，才殺她，就像最好的菜肴，總要留到最後，才回味無窮。」這句話，他是故意恫嚇高雞血等、也故意使顧惜朝對他信任放心的。

他說的也是衷心之言，只不過，他才捨不得殺息大娘，他只望可以把息大娘唬得向他求饒，那他就可以為所欲為。

這卻成了他最後悔的一句話。

其實，他也深知息大娘的個性，要是她怕嚇，也就不是息大娘了，他就是喜歡她這種個性，是別個女子身上難得一見的。他把話這樣一說，又為樹立威望而打死了一個跟他爭地盤的韋鴨毛的得力手下「衝鋒」，那就情斷義絕，只剩下深仇大恨了。

這些都是尤知味後悔無及的事。

他真希望事情能重來一次，他便不再爲虎作倀，跟息大娘、赫連春水這一伙，雖然亡命，但到處有江湖人物尊敬、道上朋友放線，而今自己這一鬧，就算能逃出生天，武林中人也會不恥於他所爲。

況且，他也是老精細明的人，如果他當天不殺「小盛子」禹全盛，那還可能有活命的機會；而今他殺了「衝鋒」，高雞血第一個就不會放過他。而最近高雞血在青天寨裡又召集了手下大將「陷陣」范忠和七八位手下趕到，這范忠跟禹全盛合稱「衝鋒陷陣」，「禹衝鋒」與「范陷陣」一向是焦不離孟，有過命的交情，一是高雞血親信，一是韋鴨毛心腹，禹全盛爲自己所殺，范忠是決不會放他活著離開南寨的。

尤知味正是思前想後，左忖右度，十分難過的時候，鐵欄裡突然閃進一條人影。

尤知味心中一凜，暗自危慄：這回慘了。敢情是范忠忍捺不下，悄悄過來了結他。

只見那人左右四顧，掏出一大把鑰匙，試了幾根，好一會兒才把鐵門吱呀打開來。

尤知味心中一喜，以爲是來救命的，卻見是殷乘風的幕客謝三勝，手上還持著利劍，登時冷了半截。

只聽謝三勝問道：「你想活不想？」

尤知味忙道：「螻蟻尚且貪生，求謝兄予我生路。」

謝三勝獰笑，把劍一晃，尤知味以為我命休矣，不料謝三勝把劍鋒往他脖子微微一壓，並不發力，只低聲疾道：「我要是救了你，你可知感恩圖報？」

尤知味聲音都抖了：「謝大哥，只是蒙你相救，尤某永誌不忘，粉身以報。」

謝三勝目光閃動：「我不姓謝，我姓周，江湖人稱『獨臂劍』周笑笑便是我。」

尤知味見他左臂僵直，而劍鋒沾血，想必是已殺死看守的人，周笑笑一向有惡名，「獨臂毒劍」可是黑白兩道都憎惡的人物，而今反出青天寨，想來不假，便道：「周大俠，尤某一切憑你吩咐。」

周笑笑道：「我師妹跟你曾會過面，她也不叫姚小雯，原名惠千紫，武林素稱『天姚一鳳』，跟我們是同一道上的。我們今晚要裡應外合，打開寨門、造成騷亂，接應文、黃二位大人、顧公子的兵馬，亟需人手，要你出力。今日在此地並肩作戰，他日在官途上相互照應，你可別忘了今晚的事。」

尤知味知道有望逃生，心中狂喜，忙不迭道：「一定一定。」

周笑笑問明尤知味身上鐵鎖是哪一根鑰匙，一面替他開啓，一面吩囑道：「青天寨裡有不少能手，我們攻其不備，暗中下手，能殺一個，便是去一名強敵，知道嗎？」

尤知味嘴裡唯唯諾諾，心中卻有些為難：這一來，豈不是又要跟他們更結深讎嗎？但回心一想，此乃生死關頭，決不能婦人之仁，拚著活命，就非要殺敵不可。

這時，周笑笑忽疾道：「有人來了！」即要尤知味佯作鐵鎖未解，仍纏在身上，掩上鐵柵，自己閃身門後。

只聽一個人落步甚輕，自遠而近，巡逡一陣之後，又躑躅不去。尤知味怕自己逃生希望告吹，一顆心忐忑亂跳著。

只見那木門「吱」的一聲，被推了開來，一個獅鼻闊口的青年，張望走入，尤知味一看便知是赫連春水的「四大家僕」的其中之一。

原來赫連春水與高雞血，都覺得該對青天寨付出一分防守的責任，赫連春水遣「四大家僕」對各處多加留意，高雞血也囑咐范忠參與巡邏戒備。這家僕獨經此處，發現空蕩蕩的，把守的四名士卒，都不知去了哪裡，大起疑竇，便進來瞧瞧，見尤知味仍鎖在牆上，囚在柵裡，這才算放了心。

家僕正要離去，忽見地上投了一條長長的人影，疾退數步，單掌護胸，掣刀在手，喝道：「是誰!?」

人影立即走了出來，道：「是我。」

家僕一見，原來是寨中的謝三勝，即收刀拱手道：「不知是謝爺，得罪之處，尚祈見諒。」

周笑笑笑道：「你是不是覺得有點奇怪？」

家僕微微一怔，不明白他何有此語。

周笑笑道：「這兒看守的四位兄弟，卻到哪裡去了？」

家僕道：「是呀，我正覺得奇怪，所以進來看看。」

周笑笑揚手拿出一件東西，道：「我發現一物，沾有血跡，你看看可有蹊蹺？」

家僕湊臉過去一看，發現只不過是一隻鋼鏢，也沒沾什麼血跡，還待發話，倏地，周笑笑一甩手，鋼鏢迎面打到！

家僕又驚又怒，急閃身急避，鋼鏢釘入肩膊，家僕正待喝問，周笑笑一劍已刺入他的胸裡：一面笑著跟他道：「沒辦法，你既送上門來，我非殺你不可，這兒的人，遲也是死，早也是死，你就先走一步罷。」

家僕手中巨銼半式未展，已含恨而歿。周笑笑把他的屍身擺成尤知味蜷伏牆角的模樣，把家僕身上的衣服卸下，叫尤知味換上。

周笑笑返身對尤知味道：「你瞧見了吧？」

尤知味忙說：「瞧見了。」

周笑笑道：「文大人、黃老爺、顧公子、高鏢頭的兵馬，二更就到。惠師妹已領了人，左腕蒙上黑巾，作爲暗記，儘可能把青天寨暗卡引開，或引不開，便逐一掩殺，你我倆在此處，把站防班守的翦除，最好也把青天寨高手格殺，裡應外合，不愁南寨不破，我還有幾名手下，已散布四處行事，都是以腕纏黑布爲記。」

尤知味諾諾，但心下議定，無論往哪兒去，殺人放火，都要隨著周笑笑，這不是爲別的，只因爲尤知味自知幾日來身受打熬折磨，萬一遇上強敵，可能真應付不來，豈不自找死路？

尤知味心裡想著，嘴裡卻道：「我們下一步該怎麼做？」

周笑笑道：「大軍從西北二門攻入，西門的人馬，已受控制，大軍一到，定必響應，北門有范陷陣與三大家僕值夜守更，撞上誰，便先解決誰。范忠饒勇善戰，遇上了可得小心。四大家僕聲氣同心，而今一人失蹤，其他三人必定往尋，爲免張揚，還是及早除去的好。」

尤知味道：「是，是，只不過我對這地頭不熟，只望能跟在周大俠身邊行事……」

周笑笑以指比唇，低聲道：「噤聲，快臉向牆角蹲下。」把先前那家僕的武器巨銼迅遞給尤知味，尤知味連忙找陰黯處伏下了。

有人沉聲喝道：「今年是十二生肖哪一肖？閣下何人。」

周笑笑即以暗句回答道：「今年肖貓，在下非人。」

那人立即現身，原來又是「四大家僕」中另一人，手持巨剪，見是周笑笑，揖道：「原來是謝爺。」

周笑笑招呼道：「老哥出來巡察麼？」

那名家僕道：「老三剛往這邊看看，但卻不見了，不知謝爺可曾見著？」

周笑笑揚眉道：「你那位大眼闊嘴的弟兄麼？他剛才……」突發一聲斷喝：「是誰!?滾出來！」指著蹲著身影，神色十分緊張。

尤知味心頭一震，以為周笑笑要出賣自己。那家僕也吃一驚，隨指望去，只見一個老三服飾手持巨銼的人影，正待喝問，忽覺背心一痛。

這僕人此驚非同小可，他迎變奇快，往前急縱，但劍尖已嵌入背肌三分。

僕人往前掠，周笑笑也往前掠。

劍尖仍在背上。

劍再刺不進去，僕人也甩不掉劍鋒。

兩人一追一逃，僕人只覺刺痛入心，但腳下絕不能停，只想換得一口氣，呼叫求助，但前面那影子突然立起，巨銼橫截，已擊在他胸前！

他的脅骨，登時碎了七、八根！

這一頓之間，劍已刺入背內，自胸前冒出一截尖劍。

這僕人瞪目吐舌，仆地慘死。

周笑笑笑道：「又一個……」

尤知味知情識趣，忙道：「周大俠好劍法。」

周笑笑道：「哪裡，我們是合作無間。」

尤知味趕忙道：「我是誓死追隨。」

周笑笑看看沉沉天色，道：「一更天早過去了，不知惠師妹可順利否？」

「天姚一鳳」惠千紫一向是周笑笑最得力的左右手。所以江湖人都傳說：周笑笑雖然失去了左臂，但有惠千紫，就等於有兩條右臂。

周笑笑其實並不殺人放火、結夥掠刧，也不行俠仗義、抱打不平，只偶爾明搶暗盜，江湖人稱他「毒劍」，是因爲他心胸極窄，睚眥必報，甚至雞毛蒜皮的小事，他也會記仇在心，報復得慘無人道。

商邱有一家綢店，因東家不怎麼瞧得起周笑笑，語言刻薄了幾句，周笑笑也不發作；到得夜裡，竟持劍到了東家屋裡，姦污了他的老婆，還要逼那東家姦他的女兒。鎮江有一家「曉嵐鏢局」，遭周笑笑攔路索財，局主甘曉嵐是個老英雄，脾氣剛烈，說什麼也不交呈「拜禮」，周笑笑戰之不勝，居然偷了官帑、貢品，栽贓甘家，害得甘曉嵐滿門抄斬充軍，鏢局也因而消散。

所以，武林中人大都鄙薄周笑笑爲人，又不敢宣之於口，怕惹來這個魔星尋仇。

周笑笑最令人不恥的行爲，是慣「抽後腿」，誰跟他結下樑子，他固然不擇手段，施加報仇，但就算相交甚篤，一旦有禍患來時，或利益當前，他也把夥伴照「賣」不誤。

如果說周笑笑也有「原則」的話，那麼肯定就是他從不做對不起惠千紫的事。

周笑笑的斷臂，便是為惠千紫力退強敵「神劍」蕭亮。惠千紫生性淫狠，又極好面子，凡是跟她相好過的男子，她多在事後殺而滅口。蕭亮的一位好友，不會武功，詩文極好，受惠千紫所誘，糊裡糊塗就纏綿了幾天，以為飛來艷福，結果一顆頭顱被惠千紫的鋸齒刀鋸剩下一塊頭皮。

蕭亮大怒，為友出頭，追殺惠千紫，周笑笑竟然為惠千紫奮勇迎戰，被蕭亮剁去一臂，負傷逃逸。後蕭亮要力戰「大夢」方覺曉，不能再追殺二人（事詳見四大名捕大對決之《開謝花》）。周笑笑、惠千紫作惡如故。洪澤旁一家飯鋪的夥計見周笑笑獨臂憔悴，服務態度惡劣，招待不周，惠千紫斥喝幾句，那夥計反說：「我是你家奴麼？我是你兒子嗎？去你奶奶的，你們作威作福，不怕生個沒屁股的兒子！」

周笑笑聽了恨極。公然把那夥計扭到菜市街口，大庭廣眾之下，挖眼拔牙，穿耳剁鼻，還把他的牙齒全打落，逼他吞下，然後才揚長而去。這件事，恰好驚動了要追查那一批官帑、貢品真相、還「曉嵐鏢局」清白的無情，他知道周笑笑在何地出現，立即追了過去。

周笑笑和惠千紫自然不是無情之敵，聞風而逃。周笑笑雖談不上有什麼朋友，但和惠千紫卻握有綠林同道的不少「祕密」，以此爲要脅，要他們設法阻攔截下無情，有些不怕死的，不知四大名捕厲害的，也在沿路阻截無情，但全都被打得落花流水，狼狽不堪！

周笑笑、惠千紫一急，投奔九九峰連目上人，連目上人本是周笑笑父執輩的世交，好心勸諭周笑笑，要他向無情自首投案。周笑笑惡向膽邊生，狙殺了連目上人，待謝三勝和姚小雯回來，布下陷阱，把二人格殺，然後裝扮成他們形貌，投奔南寨，殷乘風一時不察，便將這兩個禍患收容。

其實大凡武林中人，挾技鬥勇，以求快意恩仇，也是常事，只不過，大都智者知藏，適可爲止，恩怨分明，尤其不對不識武藝的常人恃武行兇。周笑笑這種作爲，實犯眾怒，是故才引動「四大名捕」裡的無情，千里追緝，因而誤將戚少商捕拿，惹起了跟劉獨峰的一場誤鬥，爲九幽神君所趁的種種事故。

周笑笑和惠千紫卻爲無情這一逼，迫入了青天寨，靈機一動，惡念又起，知道自己被緝拿得緊，總不能逃亡一輩子，決意跟官府合作，將「功」贖罪，要殲滅南寨，換取自己的自由、生命與功名。

八二　乘風軒之風波

惠千紫參與「青天寨」的布防，第一步便把暗卡撤後十五里。由於她有寨主殷乘風的手令，對暗卡的調動，別人也不敢置喙。她第二步便要把後五里地的明卡歸由她的部屬掌管。

這遭致薛丈一的反對。

薛丈一這樣說：「沒有寨主的命令，誰都不可以作這樣的調度。」

惠千紫幽怨地睄了薛丈一一眼，故意挨近身子，肩膊微觸薛丈一的胸膛，睨聲道：「你天天晚上都忙這忙那的，總沒歇過，人家怕你辛苦嘛。」

薛丈一是個老粗，心中有點陶陶然，嘴裡卻說：「辛苦點也沒辦法。」

惠千紫擰他的臉：「你這人怎麼那麼呆板。」

薛丈一的大手摟住了她的腰：「什麼板？」

惠千紫斜乜了他一眼：「你歇歇呀，我待會兒就來陪你。」

薛丈一樂不可支，張著嘴閤不攏，一味的道：「好，好。待明晨換哨了就回去。」

惠千紫跺足嘟著嘴兒道：「什麼換哨？這兒就留給我啦。」

薛丈一色迷迷的看著惠千紫，道：「不行，不行。」

惠千紫給他氣煞：「你幹什麼啦！」

薛丈一的手一路摸了上去，惠千紫把他的手打開，卻正色道：「什麼我都可以答應妳，但不能違背青天寨的規矩。」

惠千紫見他對美色興趣盎然，但決不因私廢公，恨不得一刀把他殺了，但這椿子裡雙方都有部屬，一旦鬧了開來，事情就穿了，惠千紫也不敢冒這個險，只好佯怒道：「你要是不放心我，我就不睬你。」

薛丈一扯她衣角，央她不要生氣。

惠千紫又施溫柔手段：「你就少管一晚事罷。」

不料薛丈一仍是道：「就這樣不可以。寨主把責任交給我，我樂歸樂，不能誤事。」

惠千紫遊說道：「你交給我，我替你盯牢著，哪有誤事來著！你別婆婆媽媽娘點子樣兒，放點男人氣概出來好不好？難怪殷寨主只瞧得起盛副寨主，沒把你看在眼裡！」

薛丈一恨恨的道：「寨主看重誰，我也拿他沒法，誰膽小手腳軟，誰才是好漢，用不著我姓薛的充！不過，有違職守的事，我老薛說什麼也不幹！」

惠千紫只好翻臉：「你不幹，便是對我不好，我這輩子都不睬你。」

薛丈一急得跳腳，但仍是道：「妳體諒體諒。」

惠千紫沒法可施，忽靈機一動，拏出盛朝光的印信，冷語道：「其實盛副寨主早已下達命令，要你撤守寨內。」

薛丈一氣得乾瞪眼，忿忿地道：「那姓盛的這不明爭功嘛！我——」

惠千紫以爲薛丈一必定不服，誰知薛丈一道：「按照寨規，我也不能不聽副寨主的行軍調度，唉，算了。」便依令撤軍退守入寨。

惠千紫不意誤打正著，正要順水推舟，實行第三步驟：「外面的傳訊，盛副寨主有令，也一概由我明、暗二卡接收，你們不得插手。」

薛丈一怒笑道：「沒這樣子的事！」

惠千紫以爲露了馬腳，暗喫一驚。

薛丈一忿忿地道：「副寨主權限只能叫我撤人，不能禁止傳遞急信。青天寨設在外的傳訊三十七處，萬一有敵掩撲，少說也有十幾路信號告急，分七種門道，明卡接收五成，暗卡接收三成，我們寨防接收二成，另外三路，直接通告殷寨主，誰也更改不得。」

惠千紫聽青天寨傳訊系統這般嚴密，知道此事難以求功，心裡準備一旦官兵掩近青天寨，她即率部屬將忠心防守的南寨弟子除去，反撲大寨，先把薛丈一格殺再說。至於傳遞給殷乘風的訊息，有周笑笑在內截阻，理應無礙。當下便峻然道：「好，你先退返寨內罷。」

果然，接近二更時分，官兵急撲青天寨，出於南寨外圍疏於防範，軍隊又有備而來，行動猶如迅雷，不少樁子猝不及防全都拔掉，其他方面未被驚動，猶是如此，仍有十三道伏樁，發出了告急暗號。

這些急訊，有用煙花作訊號，有燃火以傳遞，有快馬傳信，有飛鴿傳書，但給惠千紫的明卡，截去六件，暗卡截去四件，且把傳訊者誅殺。

但仍有三件傳訊，成了漏網之魚，不透過旁人之手，直入青天寨，其中兩項，是要直接送達殷乘風之手的。

剩下一個快訊，是經拒馬溝的護寨溝道，塞在空瓶子裡，流經寨前，由薛丈一親信接獲，立刻交給薛丈一。

薛丈一命人展開一看，此驚非同小可，卻因未證實消息真假，立即單騎赴前卡，找上惠千紫，問個清楚。

薛丈一是一個極遵守寨規的人，古板而老實，偏偏古板而又老實的人，往往也不怎麼聰明，此事頗爲蹺蹊，怎會前卡風聲全無，而告急訊息反直達寨裡呢？薛丈一卻不加思索，也沒命人走報寨主，逕自去察看卡樁。

他找著惠千紫，劈面就問：「妳是幹什麼的!?敵人逼近都不知曉！」

惠千紫察看他身邊沒帶手下，便道：「哪有此事。」

薛丈一粗聲道：「趕快傳七路分卡的頭目來見我！」

惠千紫忽噓聲道：「其實我早有了線報，作亂的賊子是盛副寨主！」

薛丈一一聽就立刻不信：「胡說！」。

惠千紫掏出一張紙，道：「不信你看這封血書！」

薛丈一伸手就要奪來看，不料一陣風來，信紙飄落地下，薛丈一俯身去撿，惠千紫自後拔刀，一刀斫落，把薛丈一由脊至股，直劈了進去！

薛丈一慘嚎一聲，惠千紫再把刀尖往前一送，自內直搠入心臟，然後沉腕穩住刀勢，一抬足把薛丈一的屍首踢飛。

她把刀鋒上的血跡抹在布幔上，喃喃自語：「快二更了。」嘴角仍帶一絲銷魂的笑意。

◇◇◇

「快二更了。」周笑笑說。

他和尤知味又合作殺了一名「四大家僕」，正要截殺最後一名家僕，免生禍患，忽有惠千紫派遣的人來報，可能會有告急訊號入寨，要周笑笑留意攔截。

周笑笑略沉思片刻，便道：「以此事爲重。」只要殷乘風一旦接到訊息，立即加緊防範，官兵要攻入青天寨，那就事倍功半了。他又知其中一種通訊管道，是從地底通道直入殷乘風寢室內，通道口設在寨外遠處，除了寨主和負責傳訊的人外，誰也不知設在何處。要截阻此事，除非得要在寨主臥室裡。

周笑笑道：「殷寨主對我倒有情義，我本不想殺他，但事到頭來，想不殺他也不可以。尤大師，你想不想立一個大功？」

尤知味失手遭擒，當然想將功贖過。他倒不怕殷乘風，覺得他年輕識薄，不見得是自己之敵，可慮的只是他自己受傷不輕，只怕萬一制之不住，但既是施加暗算，諒殷乘風也沒多大能耐，能躲開自己的殺著。當下便道：「我這條命是你救的，當然聽你調度。」

周笑笑道：「不敢當。我們合作做事，到殷乘風寢室去，來個永絕後患。」

尤知味正要答好，忽有一陣輕微的振翅越空之聲，周笑笑一抬拳，射出一道白光，暴沒入蒼穹，一物落了下來，正落在「煙雲廂」的屋瓦上。

周笑笑冷眺低聲道：「是信鴿，已給我射了下來，告急的訊息，又給我截了一路。」

尤知味道：「這信鴿必須取回。」

周笑笑道：「對。你小心著，跟在我後面，當是我部屬，別讓人發現了。」

尤知味早已換上四大家僕之一的服飾，點首道：「是。」

周笑笑到「煙雲廂」廊前，四顧無人，一縱身到了屋頂，拾得那隻染血的健鴿，細看鴿爪上繫著告急密札，才放了心，正要下去，忽聽有人和氣地道：「謝兄，還未休息？」

周笑笑暗自一慄，知道是鐵手已上了屋頂，就在近處。鐵手恐怕是這干敵人中最難纏的角色，縱受傷未癒，卻也不可輕視，又怕在屋下的尤知味被發現了，那就更是不妙。他暗自驚慄，臉上卻鎮定如常，微微笑道：「二爺，快二更天了，上來涼快著？」

鐵手踩在瓦攏上，負手笑道：「謝兄好手勁，我聽到暗器破空之聲，生怕出了岔子，便上來瞧瞧。」

周笑笑心中更驚，自己不過發出一片飛蝗石，打落健鴿，立即就使鐵手生警覺，上來巡察，如有一個應對不妥，恐有麻煩，便道：「我奉寨主之命，坐夜守更，見有異鳥掠過，一時手癢，打下一頭，沒想到騷擾了鐵二爺。」

鐵手笑道：「哪有騷擾，我反正是還沒睡著，本道誰的手勁這麼好，出得房來就見一物自天而落，暗佩眼尖忒準，果是謝兄，佩服佩服！」

周笑笑用手把健鴿握著，笑道：「二爺見笑了。」

鐵手往屋下望了一望，揚眉笑問：「下面那位兄台是誰？」

周笑笑俯瞰一望，只見一個人影，把氈帽壓得低低的，站在樹影暗處，面孔誰也不易看清，知道尤知味機警，知道不對勁，儘量遮掩著，便道：「那是赫連公子的近身，今晚與在下一道司防。」

鐵手忙道：「謝兄辛苦了。」

周笑笑道：「哪裡，應該的。」

鐵手道：「既然沒啥事，我也不干擾謝兄的公事。」

周笑笑道：「二爺傷未痊癒，早些歇歇好呢。」

鐵手笑著拱手：「有勞費心。」也不顯輕功，逐步下得屋簷，落下圍牆，再推門入房。

周笑笑下得屋椽來，跟尤知味道：「好險，差點給他瞧破。」

尤知味道：「這人十分難纏，還是讓大軍來收拾他才好。」

周笑笑道：「他周身是傷，合我們二人之力倒不怕他，只不過他機惕過人，一旦收拾不下，驚動寨內，那就前功盡廢了。」

尤知味巴不得能不惹此人，忙道：「是啊。」

周笑笑道：「事不宜遲，我們這就先去把姓殷的翦除，好教他們群龍無首。」

兩人趨近殷乘風的「乘風軒」。南寨內對糧倉、銀庫、眷房、要道，把守倒十分嚴密，但對寨主寢居之地，防衛卻不森嚴，主要是因為殷乘風自覺俯仰無愧，光明磊落，不怕敵人攻陷青天寨，他又自恃藝高膽大，不怕自己人暗算他，所以根本不加重防。其餘一般設防，見是周笑笑，對了暗語，也不加懷疑。

故此，周笑笑與尤知味二人，毫無阻礙的便到了「乘風軒」門前。

「乘風軒」本有四名精悍衛士把守，可是殷乘風卻認為：「我在睡覺，他們卻為我熬夜，這算什麼？再說，要是有人殺得了我，他們又焉能救得了我？」於是撤消四人職守，另派要務。不過，盛朝光一向審愼，又派了四名手下侍候，殷乘風仍然不允，撤了二人，只留二人守夜，算是「聊備一格」。

周笑笑和尤知味手辣心狠，一上來，應對了幾句，兩名青天寨子弟正要入稟，已給一人一個，下重手格殺當場。

周笑笑與尤知味躡手躡腳，進入「乘風軒」。

殷乘風正和衣睡在床上。

周笑笑正要動手，忽聞帳上一陣清脆的鈴響，兩人大驚失色：都以爲自己誤踏機關，觸動了警報，這時殷乘風眼皮一翻，正要坐起，周笑笑和尤知味行動何等之快，一個像一股煙似的鑽入了床帘子下，一個閃電似的躲進了掛衣鏡後。

殷乘風乍醒，感覺到似乎有什麼事物閃了兩閃，但警號更擾亂他的心思。他馬上打開床前的一道活板，地底下立即冒出一個身著深色夜行裝的漢子，向殷乘風拜倒在地。

殷乘風忙問：「玉冠珊，什麼事，這般急？」

那漢子滿頭大汗，神色惶急，但神態間依然十分恭敬：「弟子玉冠珊，拜見寨主，前方告急，有大隊官兵，左右包抄，離大寨已不及五里！」

殷乘風此驚非同小可：「什麼!?」

玉冠珊道：「請寨主立即下諭。」

殷乘風爲之震怒：「敵人迫得如此之近，你們現在才來報告!?」

玉冠珊惶然道：「我們至少已派出十七路走報，我是最後一起，卻不知……」

殷乘風變了臉色，喃喃道：「有奸細，有奸細……」

正待發令，倏地，兩道人影飛撲而出！

一自鏡後，一自床底，一劍雙爪，急攻殷乘風！

這下猝不及防，殷乘風外號「急電」，但劍不在手，閃躲無及，招架不能，眼看要傷在狙擊者之手，驀地，一人破窗而入，雙拳左右齊發，「砰砰」二聲，把兩個暗算者逼得拔步後退，脫身不得。

殷乘風定睛一看，來人原來便是鐵手。

鐵手一面發拳，牽制二人，一面揚聲叱道：「殷寨主，趕快下令防守，這兩人由我料理便得！」

殷乘風見鐵手及時到援，自是大喜；這時又一大漢闖將進來，正是唐肯，一見他就報道：「殷寨主，我已將息大娘、赫連公子、高老闆等喚醒，正候你調度。」

殷乘風又感動又驚佩，但又見一人馳入報告：「寨主，不好了，卅里明暗卡惠舵主引路回攻，已攻下寨門，西路寨防爲防守者打開，敵兵已攻入寨內！」

八三　害人反害己

原來鐵手在廂房已然歇著，忽聽暗器劃空之聲，緊接著一物落在瓦上。鐵手的傷勢只好了幾成，但他內功深厚，一旦調息得多，恢復極快，而且一向機警精細，乍聽有異響，即縱上房去巡視。

及後見是謝三勝，本已消疑，但謝三勝掩飾其辭，鐵手眼尖，看他藏掩手中所拾的，應是信鴿而非夜梟，心中疑念又起，便不動聲色，躍下廂房，唐肯仍然呼呼大睡，鐵手把他推醒，唐肯惺忪著眼問：「有事嗎？」

鐵手湊近低聲疾道：「我見謝三勝行動有異，他的身後還跟了個人，黑裡瞧不清楚，身形卻似尤知味。」

唐肯奇道：「尤知味？怎麼放出來了麼！」

鐵手道：「我也不知道。我且去掮住他們，你去寨前寨後走一趟，看有何異動，若發現不對路，馬上通知大娘他們，聚攏防範，再到『乘風軒』報急。」

唐肯即打起精神，道：「是。」他一向服膺鐵手，經這次出生入死後，兩人更是肝膽相照，相惜相重。唐肯對鐵手的吩咐，更是精神抖擻，全力以赴。

唐肯連長衫也不披就衝了出去，鐵手則穿簷越脊，四下一望，見「乘風軒」那兒人影疾閃，鐵手便提氣趕去，卻遲了一步，遙見守在「乘風軒」的兩名弟子似遭了毒手，謝三勝和另一人不讓那兩名守衛軟萎於地，便扶住揹起，置於暗處，再摸入「乘風軒」。

鐵手好生歉疚，不及制止謝三勝驟下毒手，救不回兩名守衛，於是更下決心，要弄清楚謝三勝究竟搞的是什麼鬼。

及至見軒內玉冠珊告急，殷乘風猝受暗襲，鐵手破窗而入，連起兩拳，把謝三勝與尤知味逼退。在房內朝相一看，這會可看清楚了真的是尤知味。

殷乘風戟指叱道：「姓謝的，你這是什麼意思？」

饒是周笑笑一向狡獪，但行藏被對方撞破，也不免心慌，鐵手雙拳打到，一股極強的勁氣，將二人逼近牆邊！

周笑笑忙叫道：「誤會，殷寨主，誤會……」

殷乘風「刷」地抓起懸在床前的無鞘利劍，厲聲道：「你放走尤知味，暗算於我，還是誤會不成！」

周笑笑與尤知味左衝右突，就是沒有辦法衝得過鐵手的一雙鐵拳籠罩之下。鐵手出招不多，只是無論周笑笑與尤知味用何種招式和方式以圖突破防線，他僅在要緊關頭在要緊之處，加上一掌或一拳，伸手一攔或一撥，就把對方的去路截死，把兩人的攻勢消解，一面向殷乘風說道：「殷寨主，他們至少已殺了你軒前的兩名子弟，我自會留下他們，寨中防守，還需你主持大局，這兒的事，就交給我。」

殷乘風一聽大怒，即叱：「好賊子！」「嘯」地一劍，劃出一道銀光，急叮周笑笑的咽喉！

周笑笑本來已是驚弓之鳥。他見事機敗露，青天寨一眾高手必不肯放過他，只圖全力奪路而逃；偏是尤知味，曾為階下之囚，這次說什麼也不願再失手被擒，只拚命脫險，兩人本就不同心，現各為活命，只顧逃亡，動手間亦未為照應，殷乘風這一劍，含忿出手，直奪周笑笑，還喝了一聲：「看劍！」

要不是殷乘風這一聲叱，周笑笑可能真接不來這一劍。

周笑笑翻腕一架，劍身迴護咽喉，「錚」地一聲，殷乘風那柄窄細利劍，劍尖刺在周笑笑的劍身上。

殷乘風冷笑一聲，身形一挫，左膝一弓，右腳一挺，劍尖轉刺周笑笑腋下！

周笑笑劍往上迴，格開殷乘風第一劍，腋下卻露了一個小小的破綻，這空隙不過霎間，但殷乘風的劍已似銀蛇般攢到！

周笑笑大叫一聲，全身一抽！

他這種抽退法，像整個人突然被抽掉了氣，整個人乾癟了也似的，突然從原來的位置縮退了三步，使身與劍之間爭取一個空間，殷乘風的劍尖還待往前遞，周笑笑的劍鋒已及時拍了下來，壓住了殷乘風的劍，正待藉勢回刺，殷乘風揚眉叱道：「難怪！原來你是『獨臂毒劍』！」突然間，劍到了左手，劍光一閃，又是一刺！

他在交手第二招裡，已從對方劍法中判斷出這便是「獨臂劍」周笑笑。殷乘風精好劍法，所以對江湖上一般用劍名手，以及劍法招式，十分詳熟，若是伍彩雲仍在青天寨內，以她對武林各家各派武術的瞭如指掌，周笑笑更加不可能以「謝三勝」的名義瞞騙了那麼一段時間！

周笑笑以縮身奇法來爭取剎間，以劍反壓對方之劍，正待反攻，不料殷乘風只做了一件事：右手劍突交左手。

周笑笑的劍驟壓了一個空，身子往下一沉！

殷乘風的左手劍已向他左胸刺到。

這一下，攻其無備，而殷乘風外號「急電」，劍勢何等之疾！

周笑笑本已避不開去，危急間突一擰身，側身一讓，以左臂掩擋，殷乘風那一劍，正刺在他的左肘上！

「哧」的一聲，周笑笑回劍飛刺，直奪殷乘風咽喉。

殷乘風馬上省悟：周笑笑是有名的「獨臂劍」，他的左膀子當然是假的。

他想到立即拔劍，一面拔劍一邊身退，不料他那一柄劍，卻似嵌在那假臂裡，拔也拔不出來！

這稍慢得一慢，周笑笑的劍已近眼前！

殷乘風應變奇急，不抽反遞，大喝一聲，運勁於臂，劍自肘部穿出，直取周笑笑左腋！

周笑笑的假臂是用豫鄂邊界的一種叫無歇木精製，一般兵器刺入其中，只要將肩部聳起，木紋軟韌，便易入難出，不少武功猶在周笑笑之上的武林高手，都毀在周笑笑這一招令人防不勝防的機關裡，輕則丟了兵器，重則爲他所殺。

殷乘風卻在心念電轉的剎間，不退反進，劍鋒破臂而出，直取其要害。

周笑笑此驚非同小可，忙一閃身，但殷乘風衝步再刺，劍黏於肘間，扔也扔不掉，甩也甩不去，成了一個大破綻，處處受制於人。

周笑笑怎顧得再作攻擊，忙迴劍自守，殷乘風攻得三、四劍，把周笑笑逼得手忙腳亂，忽聽鐵手在旁沉聲道：「殷寨主，還是大事爲重。」

殷乘風冷哼一聲，力注於腕，沉腕一捺，劍鋒生生把那木製假手震裂，周笑笑不驚反喜，以爲脫困，殷乘風將劍一收，插回腰間，向鐵手一拱手道：「這廝非殺不可，交給二爺了。」便與來報的青天寨頭目疾行了出去。

周笑笑反身欲逃，卻見鐵手冷森森的瞧著他，尤知味早已倒在地上，左手腕像被人卸了臼，一雙腿子似也站不起來。

周笑笑大喫一驚，殷乘風和他交手不過數招，驚險互見，尤知味卻一聲未響，已被受傷未癒的鐵手放倒，看來這在「四大名捕」裡坐第二把交椅的好手，當真是非同小可。

周笑笑心中雖驚，但反而不敢莽撞，他瞧得出鐵手的氣勢與方位，自己若貿然硬闖，只有輸得更慘，所以反而笑道：「鐵二爺，咱們河水不犯井水，我沒傷著你老手下的人，青天寨與你又非親非故，你老高抬貴手，放我一馬又如何？」

鐵手道：「就是因爲你傷的是青天寨的人，我才不好自作主張，任由你走，更何況，大師兄好像也千里迢迢，追查你的下落，所以你更不能走。」

周笑笑打量情勢，強笑道：「大家都是江湖人，二爺何不留點面子。」

鐵手道：「似乎也曾有過不少武林前輩給你留面子，可是，到頭來，他們好像一個都沒能逃得過你復仇劍下。」

周笑笑道：「那是有人在惡意詆譭我，我一向感恩必報，決無貳心。」

鐵手道：「青天寨也有恩予你，你現下的所作所爲，便算是報答？」

周笑笑忙道：「我只是受了奸人挑撥，一時糊塗，又受命於黃金鱗與文張，想將功贖罪，才幹下這種汗顏愧煞的事！」

尤知味人雖受傷，無法再戰，但一聽周笑笑這種說法，便知對方實暗中把罪行推諉於他，忙撞天屈似的叫道：「是你自己逼我逃出來，還殺了赫連春水的手下，不是我唆教的，我是冤枉的，二爺明鑒，我是冤枉的！」

鐵手寒起了臉：「周笑笑，你幹的好事！」

周笑笑揮手道：「我……」突然暗芒一閃，一物已射向鐵手面門。

鐵手一揚手，已抓住那件暗器。

周笑笑一閃身，並不衝出去，一劍急刺唐肯！

唐肯猝不及防，揮刀一格，周笑笑藉刀勢之力，急旋一圈，驟然下坐，刀尖揚刺唐肯的咽喉。

他的目的不是殺死唐肯，他只是要制住唐肯。

他明知今番難以逃出青天寨，除非能先制住寨裡一名要將，或能脅持交換自己一條性命，或延宕時間，讓救兵進寨再說。

這一劍蓄勢已久，唐肯慌忙間避不開去！

忽聞「錚」的一聲，一件暗器，疾射在周笑笑的劍尖上，劍尖震得一歪，險些脫手飛出，唐肯趁此一個大仰身，往後翻去，喘了幾口氣，才定過神來，暗器卻落到牆邊。

撞歪周笑笑劍尖的暗器，正是剛才他發出去的那枚。

周笑笑反而笑了。

那枚暗器，叫做「刺蝟」，那一顆如鐵蓮子的物體上，足有三百八十四枚長短尖刺，且淬有奇毒，任何人沾上了，被刺破一小塊表皮，毒便入侵，就算是放射的人，不預先戴上手套，也得遭殃。

周笑笑故意向鐵手求情，便是藉此暗中戴上手套，他因只有一條臂膀，另一隻假手已被殷乘風削毀，戴手套花費工夫，一旦戴上，他便發動攻擊，發出「刺蝟」。

這種毒辣的暗器，是他殺害了一名唐門暗器高手唐春雨身上所得的，只有兩枚，連他自己本身都沒有解藥，非到萬不得已時不敢亂用，一旦施用，也必千方百計取回再用。這種暗器毒性極具持久力，一枚大概可用上十次，毒性依然不減，據悉是昔年唐門掌刑唐鐵書親手所製。

周笑笑先見鐵手空手接下暗器，又把暗器發了回來，想必難免遭倒刺戳破掌心手指，心下大定，但仍不敢直接對付鐵手，只虛幌一劍，翻身破窗而出，一面拋下一句話：「姓鐵的，小心你的手掌罷，周某可不奉陪了！」

他人一到屋外，夜涼如水，深吸了一口氣，忽見月色一暗，後頸已教人拿住。

周笑笑還待掙扎，但這一揪拿之間，幾乎令他窒息，四肢百骸，一點氣力都施不上來，心中又驚又懼。

但那手掌一抓又放，只聽鐵手沉聲道：「你以爲我中毒了？我的手是百毒不侵的，你沒聽說過嗎？好，你這下是大意不算，小心著了，下一招可不再饒了。」

周笑笑知道對方並不占這個便宜，愈是這樣，愈是心慌。

這時外面火光四起，喊殺連天。

鐵手眉頭一皺，道：「姓周的，南寨待你不薄，你做的好事！」

周笑笑立即跪了下來，懇道：「二爺，人誰無過，請予活路。」

鐵手趨前道：「快制止你的部屬作那裡應外合的事，或能將功抵過。」

周笑笑神色慘然地道：「二爺，他們一旦發動，我……我也無能爲力啊。」

鐵手略一猶豫，伸手扶攙道：「你且先起來再說。」

周笑笑抬頭。

鐵手攙著他的肩膊。

周笑笑伸手。

鐵手正想把他拉起，倏地，周笑笑的腕間疾射出一枚物體，直奪鐵手咽喉！

這一下，相距既近，出手又毒，鐵手想用雙手遮撥已遲，閃躲亦已無及，百忙中吐氣揚聲，喝了一聲：「咄！」

一股氣流，迸噴而出，激在暗器上！

鐵手的內力，全化作一股勁氣，那暗器登時折射，倒射向周笑笑胸膛。

周笑笑正要提劍疾刺，忽見暗器倒射回來，頓時唬得魂飛魄散，迴劍便格，但已慢了一步，引臂一封，暗器雖沒打在胸膛上，卻嵌入手背中。

周笑笑怪叫一聲，立即什麼都不顧了，大敵當前也不理，只見他以指挾劍，設法想將劍近柄處利刃迴割手背上的暗器；他只有一隻手，目赤嘴張，十分狼狽，仍無法把手背上的暗器掃落下來。

鐵手見周笑笑兩次暗算自己，心下提防，一時不再上前去，只靜觀其變。

只見周笑笑低低地嘶吼了兩聲，竟用牙齒咬著劍柄，穩定住劍勢，以劍尖一挑，把嵌在手背上的暗器拋了出來，傷勢只淡淡現了幾個細小的孔，手背上便流出瘀色的血。

周笑笑眼中滿是驚懼，彷彿手背中的暗器仍未拋去，含劍將自己手背上劃了三、四道血口，但傷口裡流出的血，仍是褐色的。

周笑笑的喉嚨荷荷地叫著，全身顫抖了起來。他的手一面抖著，一面淌著血，伸入到襟內，挖出了幾個盒子，他把盒子一個個的打開，往嘴裡塞了六七顆藥丸，又想把藥末敷在手背上，但因獨臂，而又因心頭太過恐懼，竟連極簡單的動作也無法完成。

鐵手見他真的慌惶，便想過去替他裹傷敷藥，周笑笑神色怪異，雙目無神，時又赤火逼人，鐵手一搭手上去，只覺他的手腕肌肉似熱鐵一般，硬脹火燙。

鐵手吃了一驚，暗忖，那暗器竟是這般毒！若捱著的是我，豈不……

這時，周笑笑手背上流的血，愈流愈少，愈流愈濃，顏色也愈深褐，隱有一股腥味。周笑笑忽發狂似的甩開鐵手的掌握，以鐵手雙手之力，竟也拿他不住；周笑笑大口大口的喘著氣，不住往身上挖，摸出一個錦盒，盒子裡有三顆晶瑩剔透的丹丸，鐵手瞧得仔細，記得周笑笑原先已服了一顆，但聽他「唉」了一聲，把三顆藥丸全一股腦兒吞入腹中，雙眼一陣翻白，鐵手忙道：「我去端水給你。」

唐肯道：「我去。」

周笑笑愕然道：「完了，這是唐門的淬毒暗器，叫做『刺蝟』……」

鐵手見勢頭不妙，周笑笑聲近嘶啞，牙關緊咬，牙齦已滲出血來，唇呈青紫，唇吻沁血，兩顆充血的眸子直似要努出眶來，知道須清除此毒，可能要壯士斷臂，但周笑笑只有一臂，這話無論如何都說不出口。

卻見周笑笑胸肌一陣抽搐，忽啞聲道：「快……快替我砍掉這條膀子！」

八四　渡江

鐵手聞言吃了一驚，知道周笑笑又急又懼，正要出言安慰，周笑笑忽似內臟被刀子攪了一下似的，怪叫起來，躍起丈高，落地卻站立不穩，栽倒下來。

鐵手再看時，周笑笑已口吐白沫。

鐵手忙用掌心逼近他的「神道穴」，想以己身的內力修爲，替他逼住毒力，無料掌才貼上去，只覺觸手如炙，周笑笑體內真氣亂流，一時之間，竟無法收攝。

鐵手的內力再輸進周笑笑體內，周笑笑眼眶立時滲出血來，唇裂紫脹，鐵手大吃一驚，暗忖：這暗器怎麼這般毒法！

這時忽聽輕如柳絮拂地的細響，鐵手惶中不亂，抬頭只見一個清眉秀目的女子，在月光下，雙瞳剪水，眼尾如鉤，看著在地上輾轉掙扎的周笑笑，臉上也微微發白，正是息大娘。

息大娘道：「官兵已包圍大寨，前寨已告攻破，寨主要你急到朝霞堂急議。」卻見周笑笑全身打顫，彷彿每一根骨骼都被寒冰切割一般，但雙目猶如赤火，牙齒錯響，汗流浹背，不住打顫，不禁失聲道：「怎麼這麼個毒法？」

鐵手往掉落地上的「刺蝟」一指，道：「他發射這枚暗器，反受其害，在手背上刺了一下，就這個樣子了。」

息大娘俯身端詳一陣，道：「這是蜀中唐門的『刺蝟』，是當年唐門掌刑十九老爺唐鐵書獨門暗器，據說流傳在江湖上，只有三枚……」

鐵手伸手往房內近掛衣鏡桌旁一指道：「那兒還有一枚。」

息大娘吐舌道：「好傢伙，居然身上就帶了兩枚，也竟然一口氣就發了兩枚，真箇深仇大恨不成！」

周笑笑忽又一聲怪吼，巍顫顫的站了起來，以牙齒咬住劍柄，就要往手臂砍落，砍得幾砍，手臂鮮血淋漓，無奈毒傷過重，無以發力，就是沒法把手砍斷。

鐵手一手奪過劍來，急問息大娘：「這暗器可有解救之法？」

息大娘搖頭道：「倉促間哪有辦法？」說著要拈手撿起「刺蝟」觀察，鐵手忙提省道：「小心，這東西利得很！」他仗著一雙苦練三十年的鐵掌，才不為這毒物所趁。

息大娘小心謹慎地撕下一片布帛，連著手絹，再拾綴上幾片葉子，才輕手軟指的，把暗器拈上在月下細看，又湊近一聞，似有淡淡的甜味，只有暗器尖芒上經月色一映，隱有暗青微芒，不禁低聲道：「好毒，好毒！」

鐵手正要揮劍斷臂，以阻毒力蔓延，卻見周笑笑頸筋青暴粗脹，一股紫氣，籠罩喉骨，當下不顧他亂掙亂顫，撕他的衣襟一看，只見他胸上已呈現無數血斑，東一塊，西一塊的，有的巴掌大，有的綠豆小，鐵手長嘆一聲，知已無救，那一劍已砍不下去了。

周笑笑一見鐵手的神態，倒是寧定了下來，眼角滾下了兩行熱淚來，喃喃地道：「我一念之差……一念之差……」聲音遂低沉了下去。

鐵手正不知要拿什麼話來安慰他是好，忽見周笑笑長身暴起，一手向他臉部抓來！

周笑笑在此時此境仍猝起發難，實令鐵手始料未及，但鐵手傷雖未完全癒合，功力卻已恢復了七八成，一側身便讓過了這一招，周笑笑卻一沉肘，已扣住長劍，和身撲來，快捷猶勝平常！

鐵手暗喫一驚，又不願刺傷周笑笑，唯有撤劍身退。

鐵手一退，周笑笑奪劍在手，長笑一聲，一劍砍向唐肯！

唐肯見他髮戟目赤，唇裂齦血，嚇得連跳帶縱，揮刀亂擋，且戰且退！

周笑笑虛砍兩三劍，全身突然一搐，頓時全身又抖顫起來。

挨伏在地上的尤知味，更怕是再度落入這班人的手中，見狀連忙叫道：「周大俠，周大俠，我的腿上穴道被封，快來解——」

周笑笑獰笑起來，踉踉蹌蹌的衝將過去，鐵手逼近叱道：「不可！」周笑笑回手就是一劍！

這一劍已全無章法，狀若瘋虎，但便是這樣，越發難接，鐵手只得閃讓一旁。

周笑笑喉嚨裡怪嘶半響，卻聽不出他發音，旋身一劍，竟把尤知味半片腦袋砍飛，腦漿、血漿，濺得牆地皆是。

眾人齊唬了一驚。

周笑笑挺劍又刺向唐肯。

唐肯膽子再大，也不敢跟這樣的瘋子交手，扭頭就跑，周笑笑茫然四顧，揮劍往息大娘砍去。

息大娘目光如稜，忽一招手，「嗤」地一聲，那枚「刺蝟」已釘入周笑笑的額上。

周笑笑身子一晃，馬上怔住。

鐵手嘆道：「妳——」

息大娘道：「不殺反而痛苦。」

周笑笑臉上出現了一個極其古怪的笑容，劍也掉落地上，正伸手要摸額前，伸及半途，忽咕嚕一聲，栽下地來，身子壓在劍上，立時濺出了一道血泉，那血也是褐色的。

鐵手小心翼翼的過去，摸摸他的鼻息。息大娘卻彎腰把另一枚「刺蝟」拾了起來。唐肯猶有餘悸，問道：「到底死了沒有？」

鐵手搖搖頭，嘆了口氣。

息大娘冷然道：「這種人臨死還凶性不改，自己朋友也下毒手，沒什麼好惋惜的，整個青天寨都勢必教他累了，他剛才一劍殺了尤知味，不管尤知味人品如何，他總是因我而死的，我算是替他報了仇了，我們這還是先到朝霞堂聚議罷。」

周笑笑和尤知味的行藏雖被發現，導致兩人惡貫滿盈，但周笑笑所伏下的心腹，早已四出行動，加上惠千紫把明椿暗卡全控在手，一上來先殺害了薛丈一，又沒有盛朝光主持大局，惠千紫一面暗中剪除對青天寨忠心耿耿的部屬，一面率眾反撲，大寨迅即被攻了下來。

殷乘風驚覺後，匆促率兵迎戰，加赫連春水、高雞血二部鼎力臂助，眼看可以收復，但黃金鱗、文張、顧惜朝已統兵攻到。

黃金鱗統領的兵員，早在追鬥轉戰中死傷甚眾，但他以奉令剿匪之名，徵用沿途府道衙門營弁防軍，聲勢只強不弱。加以文張參與追剿平匪事件，撥入五名幫帶三名統帶，糾軍三千，聲勢大增。文張又邀一批武林中人，來爲他效命，說這是「參聯敉匪」，爲「效忠朝廷」以表心跡，很多綠林同道都被他捏有把柄在手，心存畏怯，只好從之，不惜對窮途末路的「連雲寨」、「毀諾城」、「雷門」、「青天寨」、「赫連府」的人窮追猛打，落井下石。另外一些武林中人，有的是想趁此獻功捐官，有的則不敢得罪得勢高官，實行敷衍了事。其中高風亮數度托辭鏢局有事，須親往料理主持，但文張一意不肯，加上黃金鱗輕描淡寫的表示：鐵手已夥同流寇，叛逆朝廷，正已上奏候決，但鐵手是「神威鏢局」的鏢頭唐肯所釋的，「神威鏢局」自是責無旁貸，務要清理此案，否則一概當與匪結黨查辦，高風亮曾亡命天涯，深受無辜獲罹之害，所謂：「一朝被蛇咬，十年怕井繩」，只好帶局中高手隨軍征伐，不敢有所怨咎。

文張卻自有他的打算。

他正是要藉「敉匪平亂」的名目，來收攬這一群江湖中人，爲他效命，日後成爲鞏固自己的勢力，在傅相爺面前自有不可取代之功。

黃金鱗更是聰明人，有做官人「見風轉舵」、「順應時勢」的習氣，稍加相處下，但見文張，意氣發舒，升遞極快，請奏無不爽利，交往莫非權貴，知道他在朝中甚有倚蔭，馬上轉了臉色，跟文張成了同一鼻孔出氣。

這一來，顧惜朝連同一干寨子裡的人，更形孤立，他的手下「連雲三亂」，也暗自不服，但都不敢形於色。他們合起來是一股軍力，但內裡實是文張領舒自繡等自成一派，成爲主力；黃金鱗表面附和奉諛，暗裡跟李福、李慧，結成一脈，保持實力；顧惜朝卻與宋亂水、郭亂步、馮亂虎及游天龍，聯成一氣，雖受排軋，但仍互爲奧援；高風亮與勇成及一眾武林人物等，也另有打算。

他們本來就對青天寨極爲留心，早欲除之而後快，但不想節外生枝，又生恐南寨爲顧全武林同道之義，收留叛逆息大娘等，後經探子打探，得悉那一眾逃犯，未在拒馬溝逗留，自是喜忻，以爲可免招惹多一強敵。不料才返出二、三十里，卻接獲留後布防的信鴿信訊，犯人仍在後方，文張等心中疑慮，再探虛實，知確有人告密，即領大隊回撲，跟周笑笑與惠千紫會合。

周笑笑與惠千紫明本要求，雖肯提供欽犯行蹤，亦願代爲應合，但要文張、黃金鱗等應承他們「代功抵罪」，赦免前刑，並稟奏他們一個武職官銜，才肯合作，並要書明蓋章爲憑，以上種種允諾。

文張老奸巨滑，心知周笑笑和惠千紫案乃「四大名捕」要辦，與他無涉，樂得做個順水人情，憑他受傳宗書識重，加上暗權在握的蔡京，也重託於他，跟這兩個「賣友求榮」的小毛賊捐個文官武職，又有何難？何況待大功告成，這兩人生死握在自己手裡，如無可用之處，悔約又如何？於是便一一答應下來。

周笑笑與惠千紫便跟他們稟明情由，布署擘劃，准兩更天率兵全力攻打青天寨。

待計畫安排妥當後，官兵找個僻谷隱蔽起來，周笑笑與惠千紫便回青天寨，分頭行事。

周笑笑因貪功而被鐵手識破行藏，到頭來跟尤知味一同命喪南寨，但惠千紫方面，卻依計行事，攻破了青天寨，糾合大軍，殺進南寨總堂。

殷乘風的「青天寨」兵力，雖已遠不如昔，亦有近千人之眾，不過其中兩成不在寨中，一成爲周笑笑、惠千紫所殺或已反出南寨，剩下七成，倉皇迎敵，被官兵殺個措手不及，死了二、三百人。

殷乘風還想頑抗，赫連春水與高雞血見勢頭不對，忙拉殷乘風退卻，殷乘風退入「朝霞堂」時，鐵手和息大娘剛到了堂上，他們見殷乘風披髮浴血，便知陣前失利。鐵手礙於身有官職，不便明目張膽，與官兵鏖戰。

赫連春水極力主張：「這種情形，不可戀戰，俗語說得好：留得青山在，不怕沒柴燒。殷寨主，我看還是撤兵退走的好。」

殷乘風咬牙切齒地道：「岳父留給我這一片基業，我怎忍心教它毀在我手裡，不行，我再跟官兵拚一拚再說。」

高雞血急道：「少寨主，這禍事本就是因我們而起的，你想拚命，我們要不想拚，那還是人不成？我們當然也想和狗官拚死！但此時若不退兵，一味死守，敵眾我寡，敵優我劣，只怕徒連累寨裡一眾弟兄喪命，何不保持實力，暫撤大寨，他日一旦能扭轉局勢，寨主何愁不能再重整旗鼓、重新收拾麼！」

殷乘風從來慣聽伍彩雲的意見，但自妻新喪後，心志頹喪，不曾下過重大決定，多由盛朝光作主。現聽赫連春水、高雞血這般相勸，一時躊躇未決。

息大娘目明心清，道：「殷寨主，你莫要再猶豫了，我想，如果彩雲姑娘在生，也會這般做法的。」

此語果然有效。殷乘風神色愕然道：「恨只恨我連這塊與彩雲生前相聚之地，也保不住！」

於是下令急撤，青天寨一向以牧馬為業，當下挑選健馬數百匹，連同寨中老弱婦孺，盡皆撤走，留下兩百精兵，以強弩利兵，苦守斷後。

息大娘、高雞血、赫連春水因見禍由己出，拖累南寨，全向殷乘風請命，要求截阻追兵。

鐵手則道：「斷後固然重要，但南寨一眾精英、眷屬，仍需高手相護、開路。」遂作安排：由鐵手作先鋒，息大娘隨行護眷，高雞血和赫連春水這兩員猛將則攔阻追兵。殷乘風主持大隊，強渡易水，沉舟登陸，往八仙台避去。

這一路鑿戰，連番惡鬥了幾場，「南寨」子弟傷亡或遭擒了近半，只餘兩百餘眾，直奔八仙台；然而官兵也死傷兩百多人，被易水攔斷，無舟可渡，徒呼奈何。

黃金鱗即命當地縣衙立即造船製筏，準備過江追擊，文張喬裝打扮，率舒自繡先行渡易水，到了八仙台。

黃金鱗這下可又佩又嫉，心想文張身為權貴，居然敢冒險犯難，直搗黃龍，就憑這點膽識，自己可比不上，於是羨慕之餘，更多了一層嫉忌。

文張卻也有文張的想法。

他見殷乘風棄車保帥，得存元氣渡江，只怕八天十日，難以輕取，唯在戰鬥中瞥見無情的兩名近身僕僮，心想無情、鐵手必在附近，因何卻不出手、不出頭、不出面，只要自己擒得住一名劍僮，便可押其返京，交由相爺發落，藉以指證無情參與叛變，殘殺官兵，最好還抓到鐵手混在匪軍內的罪證，一石二鳥，除了捉拿戚少商、平匪亂之外，又是一個排除異己、得建殊功的妙計！

文張這下定計，所種下的因，以及所得到的果，機緣巧合，生死變化，連他自己也意想不到！

八五 搶崖

殷乘風把三百多名殘兵重新編整，高雞血建議要化整爲零，來使官兵顧應不及。

鐵手卻不贊同：「若無婦孺老弱，此計可行，但如今寨中眷屬安全爲要，一定要集中兵力，全力護眷突圍，強渡易水，如果軍力分散，更易被敵人逐個擊破，應救無及。」

赫連春水是將門之子，行軍打仗，自有腹笥：「鐵二爺所說甚是。敵衆我寡，此時兵力只宜集中，以銳鋒破重困，不能各覓生路、各自爲政。」

高雞血身爲綠林中人，對布軍對陣之事並不甚詳，相比之下，赫連春水是將門虎子，對調軍進退，反而甚爲幹練。高雞血自然聽從赫連春水的意見。

殷乘風本也捨不得跟手下弟兄、寨中老弱分散，於是遣兵調將，自與鐵手、唐肯、范忠作先鋒開道，以赫連春水的部屬十一郎、十三妹及「虎頭刀」龔翠環押左翼，南寨弟子玉冠珊和喜來錦那一組捕役衙差押右翼，赫連春水、高雞血及其廿八名部屬，負責斷後，各率殘兵，殺出拒馬溝，直奔繞影山，意圖自繞影壁翻落，再渡易水，逸向八仙台。

官兵的主力不在拒馬溝，反而等候青天寨的人翻越繞影山時，才在山腰團團包圍，想一股將之殲滅。青天寨集中主力突圍，向後山三度衝殺，官兵人多勢眾，幾也抵不住一衝再衝。

黃金鱗原率部在前山攻打，全山包圍，接到急報，忙命顧惜朝率一千精兵，增援後山的文張部隊。

殷乘風心亂神清，在第四輪突圍時，忽轉向埡口，盤旋而下，顧惜朝增援，反把兵力堵在後山，青天寨卻自山陰棧道強闖而下。

但山陰道上亦有官兵把守。

李福、李慧還有游天龍，都是扼守山陰棧道的重將，他們帶有五百兵力，伏弩布陣，棧道狹隘，殷乘風一眾本是決度不過去的。

「陷陣」范忠提著斬馬刀，幾度衝殺，第一次眼看要衝過去了，但被箭雨射退回來。第二次他是衝過去了，可是大隊跟不上來。第三次再衝，中了數箭，眼看就要被伏兵所殺，鐵手搶上棧道，把他救了下來。

殷乘風看得義憤塡膺，拔劍上陣，咬牙道：「讓我來。」

鐵手攔住了他：「你是主帥。寨中兄弟，以你爲寄；寨中父老，以你爲託。你出事不得，讓我去。」

殷乘風急道：「你是官面上的人，這一露面，可就難以翻身了。」

鐵手說道：「就是因爲我算是身負官職，此時若不爲正義出頭，那才是愧負皇恩。」

他不理殷乘風攔阻，搶上棧道，一時箭如蝗雨，鐵手深呼一口氣，往道上猛衝。

他的內力，已恢復了七、八成。

在他聚氣全力衝刺之時，帶起一道強厲的急風，所有的箭矢，全在他身前震飛跌落。

他衝上棧道口。

官兵一擁而上，包圍著他。

鐵手雙手拔起崖邊一棵枯樹，橫掃狂舞，當者披靡。

李福喝道：「快把此人拿下，這是要犯！」

李福不叫還好，他這樣一叫，官兵本來就悉聞「四大名捕」中的鐵手和無情也在叛軍之中，列入追緝名單裡，大家都深自惶惑，有的是出自於敬慕之情，有的是心生懼畏之意，最怕便是遇上這兩大名捕；一來不知手上要不要留情的好，二來也自知決非他們之敵。鐵手這一上陣，氣勢非凡，已傷了十六、七人，還有七、八人被震落崖下，箭矢都射他不著，正驚疑間，李福這一著緊，人人都知道來的是鐵手，反而讓出了一條路。

鐵手奮身力敵，一面招呼殷乘風等率軍搶度棧道。

李慧叱道：「姓鐵的，虧你也是御封名捕，居然糾盜殺官，還不受死!?」

鐵手怒笑不答，赤手空拳，追擊李福、李慧。

李氏兄弟明知決非鐵手之敵，當日又曾乘鐵手傷重，盡情凌辱過他，更怕鐵手報復，一見鐵手衝了上來，立刻急退。

他們一退，官兵自然心無戰志，殷乘風等一眾人已有小半搶登棧道，反守住棧口，讓後人跟上。

其實鐵手之意，也旨在嚇唬李氏兄弟，他們一退，官兵必減戰意，趁此使青天寨的人能度此天險。

——棧道下面是百丈深淵，棧道狹隘，最多可容二人，按照情理，青天寨扶弱攜老，決無可能從此間突圍。

鐵手、殷乘風、赫連春水等人商量的結果：便是故意聲東擊西，讓敵人集中火力攻前寨，而撥兵增援後山，他們卻調頭過來度天然棧道，為的是攻其不備，而敵方認定青天寨不會捨近求遠、不顧安全取此險道，因而屯軍要據，只派兵略守。

只要能奪取棧口，就不怕埋伏了。

鐵手已占據棧口，但青天寨數百人之眾，要全安然度過棧道，少說也要個把時辰的工夫。爭取時間，拖延敵軍是最吃緊的關鍵。

鐵手與已度過棧道的殷乘風、唐肯等人，奮身守住棧口；息大娘則在棧道上，促眷隊疾行。

這一來，埋伏的官兵便向搶過棧道的青天寨高手發動攻擊。青天寨的人只守不退、只進不退。

——一退，棧道上便被切斷，便過不去。加上前後一旦合擊，便死無葬身之地了。

這回是實戰，無法再作游擊，也不能取巧。

官兵飛報主隊，文張和黃金鱗驚疑不定，慮是疑兵，一面將兵力布防，唯恐又遭南寨聲東擊西之計，一面派軍急援，又放出旗火，召令近於埡口的部隊，迅速搶援。

高風亮的一支隊伍，正在「將相台」附近，見訊調兵堵住埡口，與鐵手等人正好碰上了照面！

李福、李慧早已繞在後頭，力促部下搶登棧口，扼殺南寨的退路。游天龍領連雲寨眾，一攻三退，未盡全力，這才使鐵手等人能勉強守住。時間一久，南寨搶過棧道上來的弟子愈來愈多，但官兵也愈來愈眾，戰鬥也愈來愈慘烈。

唐肯幾度衝殺，卻被高風亮一柄大刀留住，不管他人閃到哪裡，高風亮的刀就攔到哪裡。

唐肯見范忠已被掀翻在地，被李福一劍刺死，一股怒憤衝入腦門，怒道：「老鏢頭！」

高風亮的樣子本來甚爲俊偉，其實並不見老，只是他這段日子來，反而整個人顯得蒼老了下來。唐肯這一喊，在喊殺沖天裡，他驀然一怔，這時，身上、手上、衫上，都有「敵人」的血跡。

唐肯提刀大聲道：「你平日教我們要持正衛道，行俠仗義，不可凌辱了『神威鏢局』的門風，而今你助紂爲虐，殘害忠良，這算什麼!?」

高風亮怒道：「你胡說八道！」

唐肯挺胸道：「我有哪一點胡說？你說！」

高風亮喘氣道：「你去幫這一群盜匪叛亂，害得官家以這一點相脅，要查封鏢局，強徵平匪，這都是你一人闖出來的禍！」

唐肯痛心地道：「老局主，高鏢頭，我知道你苦心要保存『神威鏢局』，咬牙挺過這許多折辱，可是，鏢局這樣子狐假虎威的胡混下去，還有什麼神威可言？苟活不如痛快死，當年你單刀救丁姊，獨鬥聶千愁，何等英雄氣概？何必爲一個虛名，受人指喚成了窩囊廢！」

高風亮掀鬍子氣得發抖：「你，你這叛賊！我，我就算我能任意行事，扣在衙裡的一家大小又該怎麼辦？要不是你加入賊黨，我還可以推說我們是平民，叛匪與我等無關，偏你又……」

唐肯一驚，道：「夫人和小心都被收押了!?」

高風亮悲憤的點了點頭。

唐肯忽然下了決心似的道：「假如我死了，你是不是可以和勇叔叔回去，不再參與此事？」

高風亮忽道：「你想死？」

唐肯慘笑道：「我不想死，但我更不想夫人和小心她們爲我所累。」

高風亮道：「好主意，但你死了，他們還不一定放人，除非被我擒回去報功，他們才會相信我的赤膽忠心。」

唐肯本來想橫刀自刎，聽高風亮這麼說法，長嘆一聲，擲刀於地，道：「老鏢頭，只要能不使夫人和小心受罪，你教我怎著就怎著罷！」

高風亮盯著唐肯，看了半晌，才吐出一個字：「好！」

忽然收刀就走。

唐肯愕然。

勇成正好衝了過來，大腳踹倒一名高雞血的手下，高風亮剛好走過，道：「放了罷。」

勇成抬腳，詫道：「局主……」

高風亮揮揮手道：「死就死，與其受辱，不如一死，寧可立而死，不願跪求生。」他向勇成說道，「人待我以義，我們不能不義。我們回去，收拾鏢局的爛攤子罷。」

勇成喜道：「好。」打出號令，要「神威鏢局」的人停止攻擊。

李福和李慧都包抄了過來，李福問：「高大局主，你這是臨陣退縮，是什麼意思？」

高風亮道：「沒什麼意思，只不過不想再打這種不義之仗了。」

李慧道：「我知道了，老鏢頭是不把我們兩兄弟瞧在眼裡，不受號令？」

高風亮淡淡地道：「也沒這樣的事，只不過，我寧願回去領罪，也不要在這裡打糊塗仗。」

李福笑咪咪的側身一讓，伸手請道：「好。老鏢頭，既然你去意已決，我們也不敢強留，你老請。」

這態度反而使高風亮大奇，拱手道：「兩位放老夫一馬，感激不盡，但我不是孤身前來，局子裡的朋友，素來是共同進退，不知兩位可否高抬貴手，網開一面，大恩永記心中！」

李慧也一改前態，笑道：「這又有何不可？黃大人早已料到你們是留不住的了，一再叮囑，要是各位要走，決不勉強，只不過……」

高風亮早已猜測接下來會有難題，便捋髯氣平道：「請吩咐。」

李福接道：「現正在陣戰中，高局主不願打，可以走，但若放明著走，人人都見您老這麼一甩身就不打了，難免影響軍心，這可教我們爲難了。」

高風亮還道是什麼難題，原來是這件事，心裡一寬，即道：「兩位放心。既蒙兩位放行，我們局子裡的人，一定悄悄的離開，決不影響大局。」

李福笑道：「如此最好不過。」

李慧道：「這樣大家都好做事。」

李福接道：「留待日後好相見嘛。」

高風亮道：「正是正是，感激不盡。」

李慧又道：「往這來路退走，難免有驚動，還是從山拗底下的捷徑撤走，較不顯眼。」

高風亮來時看到山拗有條獸道，就在布軍之下，尖石嶙峋，下臨絕崖，雖不好走，但也難不倒他們，何況這是臨陣逃脫，人家好意放行，難道還求個大搖大擺不成？當下便道：「好，我們就從這兒取道。」

高風亮便率數十名鏢局的人，悄悄的抄山坳下的獸徑撤走。

唐肯被幾名官兵圍攻，心下大急，想過去跟高風亮說話，但又被隔斷。

高風亮押在最後，臨下山拗時遠遠的望了唐肯一眼。

唐肯仍在惡鬥，衝不過去，口裡叫道：「老局主……」

高風亮站在那裡，顯得像一株落淨的葉子的孤樹一般，遠遠的喊了一句：「自己保重！」便疾行去。

唐肯揮刀力衝，但纏著他的七、八名官兵手底很有兩下子，就在這時，忽有兩位官兵被砍倒，一人跟他背貼著背，揮舞雙斧，對抗官兵！

只見那人短小精悍，一身黑布長衫，短打裹腿，重眉毛，掄著雙斧，正殺得性起，唐肯喜叫：「二叔！」

勇成只一頷首，沉聲道：「我們來拚它個痛快，這些日子來，好久不曾痛快！」

兩人抖擻神威，又砍倒了兩名官兵，忽見李氏兄弟糾合了百餘名官兵，伏在崖邊，另一指揮便在枯葉遮掩的土中抽出一條火藥線，正用火摺子點燃，唐肯駭然叫道：「不可！」

勇成也馬上省覺，狂呼道：「大師兄，小心——」

這時，爆炸聲已起，原來山斫下的獸道，已布下了炸藥和易燃之物，火線一及，立時爆炸，並即燃燒起來。

官兵這一道埋伏，是黃金鱗的設計，以防萬一青天寨的人真的越過棧道，覓路而逃，只要官兵封鎖主道，對手必抄獸道逃亡，這時即可引爆點火，至少可消滅一部分匪軍。

沒料這一著，卻給李氏兄弟用來對付「神威鏢局」的人。

李福、李慧經過「骷髏畫」之後，對高風亮等一直記恨在心，神威鏢局的人還留在軍伍裡，他們還不便公報私仇，而今高風亮一旦離軍，他們便藉對方陣前倒戈之罪，實行趕盡殺絕！

這一陣子爆炸，炸傷了十來人，都滾下懸崖，屍骨無存。

而火勢蔓延開來，至少有七、八人，喪身火海，或帶著火光墜下萬丈深淵。

剩下的高手，退路已被火牆隔斷，一力想越過拗口，搶回崖上，但李氏兄弟一聲令下，箭矢齊飛，在狹窄的獸道無閃躲之地，這十餘人都中箭身亡，加上一輪沙石，滾滾而下，剩下三、四人，莫不被撞落山崖和輾斃撞死，只有高風亮和兩名鏢師，搶上崖來。

一名鏢師才一露面，已被暗器射著，掉下絕崖。

另一名鏢師搶上拗口，已被七八名官兵，居高臨下刺殺於崖邊。

高風亮遍身浴血，人卻如天神一般，飛躍了上來，李福、李慧雙劍齊殺了上去。

唐肯和勇成三度猛衝，但官兵又增上三人，唐、勇二人仍給纏住，勇成怒叱道：「讓我來！」雙斧挾著風雷之聲，飛旋迴劈，把纏住唐肯的對手也全攏在身上。

唐肯不管一切，抱刀就俯衝過去！

有七、八名官兵兜截唐肯，但不是教他撞倒，便是被他砍倒。

唐肯本身也添了三道血口子。

這一來，李氏兄弟在指揮手下對付「神威鏢局」的人，偏又不能全遮瞞下來，高風亮等在崖前浴血現身，使得參戰的武林人物全知道官家要殘害武林同道，縱不敢公然倒戈，但再也無心赴戰，游天龍更不肯出力，連雲寨眾虛應幾招，吆喝數聲，再加上唐肯和勇成這一衝鋒，李氏兄弟的親信忙著護主，反而讓青天寨的人可以全力越險，占據了埡口，組成了強而有力的防線，應接後來的人。

高風亮一上得崖來，大刀一展，砍向李福。

李福閃身一避，身子在絕崖邊滴溜溜一轉，間不容髮的躲過，卻急刺高風亮左腋！

李慧劍花一抖，扣制高風亮的刀勢，人亦欺近，迴刺高風亮的右脅！

他們並不打算把高風亮刺殺於劍下。

因爲他們知道高風亮的武功。

他的「疱丁刀法」，以無厚入有間，實難以破解。

何況高風亮通曉的刀法，至少有二十種，每一種俱是刀法中之極品，刀法的精華。

可是高風亮已身受重傷。

他們雖來不及細看，但也知道高風亮身上有炸傷、箭傷和灼傷。

他們只要在高風亮尚未搶登上崖前把他逼退。

只要高風亮一退，下面就是懸崖。

天險自然會替他們殺了高風亮。

八六　槍與肚皮

高風亮、李福、李慧，三個人都搶在崖邊，一照面就以生死相拚。

下面都是熊熊火光，火舌子直竄上崖口。

崖上都是一撮撮的人在混戰廝鬥。

唐肯心中大急。

他遇過幾對兄弟和師兄弟，性格和行事都不盡相同：譬如同是以義爲先者：鐵手和冷血，就是一個寬和大度、沉著重義，一個勇悍堅忍、性急好義；同是神威鏢局門下，高風亮就威震八方，勇成仍只藉藉無名；至於言有信與言有義，同是無信不義之人，但言有信尙念手足之情，言有義卻無手足之義。

至於李福、李慧這對兄弟，生得清眉秀目，但爲虎作倀，手段卑鄙至極，不過，兩人卻都有兄弟之情，一旦聯手對敵，一人退則二人皆退，一人進則二人皆進，共進同退，守望相顧，這在應敵上，變成不止是兩人聯手之力，簡直可作三人使——兩人聲息相通，就像多了個心靈相應的無形人的臂助強援。

唐肯一時衝不過去，皆因一名手持鎖骨鋼鞭、巨顱海口的虯髯老人，封殺著他的去路。

這人身穿灰布白斑齊膝半短大衫，鬚眉深灰，看衣著不似是官府中人，武功極倏忽詭異，唐肯在他手上，落盡下風，能苦苦撐持，已屬僥倖，更莫說是衝去支援高風亮了。

勇成則比唐肯更加心急。

他跟高風亮同出師門，但高風亮在武學上有天分，他則無。所以他練得再好，也不過是匠，而高風亮則能創。

武學上的宗師，先是學，然後要能創。這跟藝術一樣。凡舉琴棋詩書畫，先是擬摹，後是創作。一生人若只循規蹈矩，僅止於模仿，則只是藝海一粟，不足爲宗師，凡大師必有所超越，有所突破，並能踰越規矩、另立規矩，讓後人遵奉，直至另一青出於藍的後人來「破舊立新。」

一位天才本身的意義就已具備了「突破萬難而能有所成」、「在前人陰影底下而別樹一幟」的先決條件，所以怨天尤人、推咎時勢，不啻是自欺欺人，本身才具不足，卻又不自量力。

高風亮就算不能說是一代刀法大師，但至少也是刀法名家。

當年，「寒夜聞霜」魯問張與他交手，想試出他的刀法，結果他尚未出刀，已變了三種刀訣：「五鬼開山刀」、「八方風雨留人刀」、「龍捲風刀法」，一刀既出，便傷了魯問張，但也爲魯問張手中的「梳子」射著。這一戰，使高風亮的刀法名聲更響。

勇成一向佩服這位大師兄。

雖然只要高風亮在場，便一定搶盡了他的光芒。

相較之下，高風亮像太陽，他只是蠟燭。

可是勇成並不妒嫉。

有些人把自己生命精力，全用在輔佐他人取得功業，這種人無疑是十分偉大，但往往無赫赫之名。「一將功成萬骨枯」，勇成可以說是「萬骨」之一骼。

他自知並非人材，他把希望都寄託在高風亮的身上。

只要高風亮能有所成，他視爲自己的成就。

高風亮的成就，主要在「神威鏢局」上，武功、刀法，還在其次。

高風亮最注重的就是他一手建立，威震大江南北，黑、白二道無不敬畏的「神威鏢局」。

他這鏢局的招牌算不上比當年的「風雲鏢局」響，但至少已可以傲視同儕，聲名遠播。

大凡一個人的才能其實得要包括了他對推展這項才能的能力，高風亮建立了「神威鏢局」，便是表現了他的人面、地位和組織、策劃能力。

他大半生都浸在局子裡，孜孜營營，創出了這般局面。

在「骷髏畫」一案，官府查封了他的鏢局，幾令他一蹶不振，但終於雨過天睛，他又在短短期間重組鏢局，使人咋舌震佩不已。

因爲他太注重鏢局的存亡，所以才致被朝廷利用，強逼他參與「敉匪」，逼使他做不願做的事。

這一路來，高風亮人天交戰，心裡煎熬，幾度想放棄退出，但不想使「神威鏢局」再遭查封之門，只得忍辱負重，味著良心去逼害一群落難的忠義之士。

這段日子，可以說是高風亮最鬱鬱不歡的歲月。勇成冷眼旁觀，洞若觀火。

他關心這位大師兄。

他在他最落魄的時候，依然忍辱含屈堅守維護鏢局，不曾出賣、背叛他。

可是，他卻無法相勸。

——大師兄都解決不來的事，我定必更束手無策。

自從「平匪」這一連番征戰中，鏢局裡的好手、戰友，已折損不少，而今，高風亮引領局裡的精英撤走，不料卻遭「福慧雙修」的暗算，埋伏、箭襲、火攻、暗器，致使傷亡殆盡，高風亮就算能衝上崖來，只怕也必傷憤若狂。

勇成望去，乍見高風亮身上著了至少五支箭矢、幾處灼傷、血染紅了白衣衫，目眥僨張，一副拚死之意。

李氏兄弟偏在此時圍上了他。

勇成情知要糟。

但他也無法衝過去。

官兵像一群討厭的餓犬，追噬著他。

然後他目睹了一件事情的發生：

◇◇◇

李福劍刺高風亮的左腋。

李慧劍刺高風亮的右腋。

高風亮沒有閃躲。

也沒有退避。

就在李福的劍刺中他的時候，他的刀已自李福身上掠過，同時在李慧的劍未刺透他的身體前，他的刀光已在李慧眼前閃過。

接下來的一件事，也使同時在目睹這件事的唐肯畢生難忘：

三個人都一同往崖下徐徐攢落。

崖口有火焰。

崖深不見底。

李慧的後項冒出了大量的鮮血。

李福捂著胸，背部一陣抽搐。

李氏兄弟都背向唐肯，所以看不清楚他們臉上表情。

高風亮胸腹之間插了兩把劍。

李福和李慧的劍。

他臉上漾起了一種似笑非笑、似怒非怒的神情。

就這樣，三人一同墜下這深淵。

◇◇◇

一下子，一位武林宗師，兩名青年高手，一同喪命在繞影崖下。

不知怎的，唐肯在這力抗強敵之際，眼見高風亮身亡，忽想起一件事：

——關飛渡死了之後，丁裳衣就不曾真正「活」過。

——「神威鏢局」一旦不復存，高風亮也不要活了。

他臨死前，殺了李福和李慧。他瀕死前的一刀，正是「顛倒眾生，授人於柄」的刀法。

李氏兄弟都逃不過去。

這一趁亂，青天寨的人都已搶過棧道。

官兵已抵不住青天寨的銳軍突圍。

鐵手一接上手，把使鎖骨鋼鞭的老者擊退，唐肯過去把圍攻勇成的官兵砍倒了兩名，兩人一齊衝刺到崖邊，但崖口濃煙餘燼，更形險絕，早已看不見高風亮、李福、李慧的身影。

南寨的主力雖能突圍，但後翼卻遭受黃金鱗、惠千紫等苦苦追擊。

在南寨大隊還未越過棧道之前，赫連春水與高雞血唯有死守不退。

官兵如潮水般的湧來。

斷後的南寨高手，大都踔厲敢死、爲義取死之壯士，但一連經十數次衝殺後，高雞血和赫連春水身邊的人漸漸少了。

高雞血胖。

胖人怕熱。

他汗流得很多。

但他已不及抹拭。

汗把他的藍衫浸成黛色。

別看他身形肥胖，動作可捷若飛猿，迅若鷹隼，只是他在敵軍中東倏西突，扇子一點一捺，忽戳忽撥，不少人已哎聲踣地。

他一閃身，又回到赫連春水身邊，一撥額前髮，長舌一舐鼻尖上汗珠，跟赫連春水笑道：「老妖，沒想到我們一世橫行，竟會喪在這沒影子放馬的地方。」

赫連春水正以一柄「殘山剩水奪命槍」，連挫敵手七度攻擊，並一輪急槍，捌倒十八名勁敵，心氣正豪，但左手中指傷斷處一陣發疼，握槍不穩，難免一陣氣苦，剛要洩一口氣，高雞血卻上來跟他提起這些。

他沒好氣的道：「你喪你的命，本公子可沒橫行過。」

高雞血啫啫地笑道：「沒橫行過就趴下了，豈不可惜！」

赫連春水坐槍連遞，把一名統帶逼得丟刀怪叫，後退不迭，邊道：「高老闆，我算服了你。這時候，你還有這閒心來閒扯這些閒言閒語。」

高雞血忽然遞給他一面八角鐵牌，道：「現在談正事。如果我死了，你抓住這面牌子，替我照顧弟兄們。別小看了這小小一面令牌，這干王八蛋賊做慣了，沒有這面令牌，可管不住！」

赫連春水推拒怒道：「你胡說什麼?你的人，自歸你管！我不管！」這時幾名高雞血和赫連春水的部下已換上陣去，敵住官兵的攻勢。

高雞血一把揪住他，正色道：「你清醒點好不好？人誰不死？能不死則最好，萬一死了，其他的人總要活的，總要個人帶領，你懂是不懂？」

赫連春水覺得這番話十分觸楣頭，罵道：「我知道你！你不過想騙我把手下的人都交給你！」氣虎虎的不去睬他。

高雞血看了看他，搖了搖頭，又看了看他，再搖搖頭，道：「這算什麼『神槍小霸王』，可比我老人家還要古板。」

赫連春水正待答話，只見一人大袍一閃，搶了過來。

赫連春水見來人來勢迅若飄風吹絮，暗吃一驚，坐身進槍，刺向來人中盤「雲台穴」！

那人忽然抽刀揚袖。

刀短。

刀好。

刀快。

刀壓住槍鋒，袖子已遮住赫連春水的視線，身子突然平空抽起，雙足蹬向赫連春水的胸膛！

赫連春水知是遇上了勁敵。

他手上的槍，咯哧一聲，忽折爲二。

兩條槍，如雙龍鬧海，分波掀浪，一抽身，就彈了出去，對手雙足踢了個空，險險站住，赫連春水已猛然反攻。

兩條槍，左攻右脅，右刺左膀，前掃脛，後挑腿，上點眉心下撩陰，倏扎盤肘倏搠心，愈打愈狠，愈打愈快，那人以手上的紫金魚鱗刀一口氣接了十三招，兩人才算打了個照面：

黃金鱗！

◇◇◇

黃金鱗見久攻不下，有意要激勵士氣，他自信還收拾得了赫連春水，挺身出戰，沒料才打了一回合，便知道是硬點子，倒抽了口氣，赫連春水第二輪槍又攻到！

黃金鱗喝了一聲：「來得好！」手腕一震，刀鋒一展，展開刀法，槍到哪裡，他的寶刀便磕到哪裡，竟似吃定了赫連春水的雙槍。

赫連春水雙槍上崩下砸，裡撩外滑，刀勢迎鋒，便撤步抽鋒，甩槍滑打，穿肋截腰，極盡狡展，虛實莫測。

赫連春水手中的槍有兩柄，黃金鱗的刀卻只有一把。

但黃金鱗的一柄單刀依然可以處處剋制赫連春水的雙槍。

只見黃金鱗的身影忽前忽後，倏東倏西，反展刀鋒，迅似駭電，赫連春水右手槍還足可應付，左手槍則因傷指，顯得有些力不從心。

「喀」的一聲，赫連春水手中雙槍，又連成一槍。

槍是一柄，但有兩處槍頭。

赫連春水一手執住槍把，避過槍刃，忽橫忽豎，呼呼地直掃舞了起來。

槍勢舞得愈大，風聲更勁。

這一輪急槍狂舞，聲勢無可或挽。

黃金鱗亦無法再搶進槍圈內。

官兵更紛紛後退。

赫連春水百忙中一看，只見高雞血和惠千紫鬥在一起，殺得燦爛。

忽聽黃金鱗叱喝一聲：「放！」

他的人往下一伏。

他身後的四排弓弩手，一齊放箭。

原來在黃金鱗和惠千紫出來纏戰赫連春水及高雞血的時候，弓弩手早已引弓待發，黃金鱗這一聲令下，自然是箭如驟雨，飛射而至！

赫連春水大喫一驚，長槍如狂飆旋捲，圈子愈舞愈大，但也愈舞愈急，箭矢盡都被磕格了出去。

高雞血跟赫連春水一般首當其衝，赫連春水以長槍替他擋了不少箭矢，他以「高處不勝寒」的扇法，把箭矢都吸到扇面上，再卸去勁道，落了下來，整個身子，只有腹部露了出來。

事實上，高雞血身上最明顯的目標，也就是他的肚子，他的肚子像座賁起的小丘，十分累贅，兵勇們自都向他肚皮瞄準發箭。

不過，箭矢射上了高雞血的肚子，全像射進了棉花裡，軟軟的掉了下來。

高雞血只恐人不射他的肚皮。

他的「彌陀笑佛肚皮功」別說是遠箭，就算是近槍也刺不進。

箭發了一排，第二排又至，他們堵在土崗斜坡往山後走道口上力阻官兵追襲，地勢險惡，近處只有草叢，遠處才有荒林，近前全無掩蔽屏障，位置算是易守難攻，居高臨下，只要往古道陊口一封，誰也無法通過，可是最怕的就是箭矢暗器，因爲躲無可躲，若要退避，則守不住關口。

黃金鱗這一輪密箭，只把赫連春水和高雞血等人弄個手忙腳亂，但未能真箇傷了人。

但有一人卻險些遭了殃。

八七　高老闆與赫連公子

差些兒遭殃的是惠千紫。

◇◇◇

「天姚一鳳」正與高雞血惡鬥。

她使的是短鋒鋸齒刀，這把刀，她在一天之內就已讓它餵了「青天寨」兩大重將：盛朝光和薛丈一身上的血。

沒有她的臥底倒戈，南寨未必會給官兵一攻而破。

她引領官兵攻下本來固若金湯的「青天寨」，正得意之際，卻發現周笑笑不曾來作應合，心中詫疑，結果發現周笑笑全身紫脹，倒斃於「乘風軒」前。

——周笑笑死了！

——一切的勝利都變得毫無意義了。

惠千紫把滿腔的悲憤化作仇恨，她矢志要殺死殷乘風，殺光「青天寨」的人，至少，能殺一個就是一個，殺得一個，便算是爲周笑笑報了一點仇！

赫連春水和高雞血護著「青天寨」的人作斷後，惠千紫恨極，偏是高雞血一見著她，涎著笑臉叫了一聲：「喂，守新寡的！」

惠千紫一聽，錯以爲周笑笑之死，這高雞血必有份下手，慟怒之中，罵得一聲：「我呸！胖王八！」猱身上前，刀刀往高雞血身上招呼！

高雞血的人雖肥胖，但他的輕功極高。他明知這一個人身材臃腫，行動上便不夠靈捷，所以痛下苦功，練好輕功，別看他肥得像口葫蘆，但輕身翻躍功夫，還在英悍敏捷的赫連春水之上。

高雞血的輕功，就叫做「玉樹臨風」。

他以「玉樹臨風」，與惠千紫遊鬥，以「雞犬不留萬佛手」，反攻惠千紫。

惠千紫的刀刺不進高雞血那肥袖寬袍裡，但高雞血的大手卻始終把她緊緊裹住，使她攻不成、退不得、閃不掉、躲不開。

不過，高雞血想要在短時間內擊垮惠千紫，卻也不是容易的事；惠千紫的刀法快、狠、絕、準、毒，刀刀都似拚命，不讓自己有後顧的餘地，其實，她每一刀都是先置自己於萬全之地，要是她每一刀都是在拚命，早在十三年前她就已經送了命。

惠千紫是個女子，女孩兒家的氣力自比不上男子，惠千紫爲了避免這個弱點，便一力搶攻，看似拚命一般，把敵人逼得手忙腳亂，亂了陣腳，只望她不來狠攻已屬慶幸，更休說生欺壓她之念頭。

一個人有弱點，其實並不十分重要。高雞血的優點是把自己的弱點變作長處：別人以爲他動作遲鈍緩慢，他痛下苦功，化缺點爲優點，若敵人還以爲那是他的弱點，就反爲他所趁。惠千紫則把她刁辣、狠勁發揮無遺，不但掩飾了她的弱點，還加強了她的長處。

一個人能不能成功，就看他是不是善於利用自己的長處，善於糾正自己的弱點。

惠千紫擅於掩飾自己的弱點，高雞血則擅於化弱爲強。

他們兩人對在一起，這一戰，一時間旗鼓相當。

但是論到長力，惠千紫則遠不及高雞血。

不過，如果那一群官兵在此時圍攻上來，合戰高雞血，高雞血也確難以占到上風。

不過，此際是高雞血、赫連春水跟惠千紫、黃金鱗的對決，官兵並沒有上來幫手。

俟黃金鱗一退回陣中，喝了一聲「放箭」，百數十枝箭，一齊放射，惠千紫已不及退回，乍聽弩矢破空之聲，忙回身擋箭。

官兵總共是三排弓箭，前排蹲下，中排躬身，後排則挺立，全彎弓搭箭，一排放，另一排瞄準，還有一排則搭箭，一放一瞄一搭，如此更替迴環，不愁不把敵手射殺。

第一排箭一輪放完，惠千紫玉臂上著了一箭，咬牙拔箭，哀呼道：「黃大人，你怎麼連我也射了！」

黃金鱗心裡一軟。他本來是一個臉慈心狠的人物，射殺那麼幾個「同路人」，只要能傷得了敵，不有甚麼大不了的事，但他對惠千紫很有點非分之想，見她痛得銀牙咬碎的樣子，又念及周笑笑已死，放著個美人把她活活射死，不太可惜一些了嗎？一遲疑間，便沒下令放箭。

世上有些事往往是難以逆料的，黃金鱗一向老謀深算，心狠手辣，他做事一向不擇手段，不講情面，而且也不知如何好漁色，而今不知怎的，忽對惠千紫動了憐香惜玉之心，這一念間，箭放得慢了一慢，惠千紫已躍回官兵的陣仗裡。

這一緩之間，青天寨已滾竄出二十四名銅牌手，各以銅盾護身，也把高雞血及赫連春水包攏其中。

官兵放箭連射，銅牌手邊擋邊退，任箭雨如蝗，都傷不了他們。

高雞血和赫連春水方才喘得一口氣，高雞血就把長舌一吐，道：「好險好險，我以爲這次死定了。」

赫連春水仍是沒好氣的道：「烏鴉嘴，沒好話！」

高雞血故意斜著眼打量著他，嬉皮笑臉的道：「沒想到你年紀輕輕，又是世冑子弟，卻比我還要信邪。」

赫連春水吭聲道：「誰信邪了？」

高雞血道：「你以爲嘴裡不說死字，就可以不死嗎？我跟你說，好漢也是怕死的，只不過到了這種地步，只有置之死地而後生，才無視生死。我高某人就是這樣子的好漢，不像你硬充英雄！」

赫連春水邊用眼睛搜尋銅牌手的防線有無漏洞，一旦發現破綻，即用槍鋒挑補，以防敵人趁虛而入，一面道：「你要怕死，就不要冒出來混世！」

高雞血仍笑嘻嘻的道：「說真的，要是我死了，大娘那兒，就是你的天下了。」

赫連春水怒道：「大娘心裡只有戚少商，你我今天是甚麼時候？還來說這些鳥話！」

高雞血道：「這就不對了，誰知道戚少商死了沒有？他一旦是死了，或被押上了京，我你之間，不一定全無希望。」

赫連春水一振臂，扎死一名入侵的兵帶，一邊不耐煩的叱道：「你有完沒有？大敵當前，儘說這些閒話作甚！」

高雞血喃喃地道：「你說這是閒話，但眼看在這裡死守，只怕非要守死不可！萬一你我間有一人有個甚麼，現在不談，何時再談？想你我和尤大師三人對大娘有意思，現在老尤死了，只剩下高某和你老妖，誰知道誰先向閻王報到？」

赫連春水見官兵又再增多，顯然連顧惜朝的屬下也趕援合擊，眼看要抵擋不住，心頭火起，叱道：「姓高的，你要死就去死，別攔著本少爺殺敵！」

這時，一人自退路處疾掠而至，正是青天寨頭目玉冠珊。

玉冠珊一見赫連春水與高雞血，即稟道：「高老闆、赫連公子，大隊已越過棧道，寨主和大娘請你們兩位隨即跟上。」

高雞血、赫連春水及眾留守的子弟，皆臉露喜色，抖擻精神，再來把敵人抗住。

赫連春水略一思索，即問：「若我們都往棧道上撤，他們緊躡而來，該怎麼辦？」

玉冠珊道：「大娘說，只要把敵兵拒於一小段距離之外便行了，我們已在棧道上埋好了炸藥，只要我們的人全撤清，立即點燃，棧道一斷，這干官兵跟後山的敵兵湊合不上，便擋不住我們了。」

赫連春水沉吟道：「這，好是好，不過……」正想著撤退並非難事，但這干官兵必定窮追，要把他們拒遠，可不是容易辦的事。

高雞血忽道：「不行，不行，留在後面斷後，自己豈不也斷了後，這不要命的事我可擔不上。」

赫連春水一聽，反而激發了豪情，心中有了計議，高聲下令：「夥計收攤，繞著招呼順著流！」

這是青天寨的暗號，表示馬上撤走，一面抗賊一面往後山搶道，眾下一聽，知道主隊經已安然越過棧道，這兒苦守任務經已完成，大爲振奮，衝殺一陣，才驟然急退。

這下退得極快，但仍由高雞血和赫連春水及玉冠珊三人留作斷後。三人斷後，一舞槍、一揮劍，加上一雙神出鬼沒的肉掌，竟把追兵硬生生拒住。

赫連春水換上一根白纓素桿三稜瓦面槍，展開「七十二路飛猿槍法」，招疾勢沉，力猛槍雄，把敵人拒於十步之外。

玉冠珊手中青鋼劍上下飛騰、青光迸遞，攻虛搗隙，如蛟龍出海，令對方不及張弓搭箭。

高雞血則忽東忽西、倏起倏落，手中扇指東打西，時以掌力遙劈，把敵人逼退，一面嚷叫：「風緊，風緊，窩點兒勁，要起風了！」意思是敵人太強，催促玉冠珊和赫連春水快走。

赫連春水心中看不起高雞血，覺得他在敵人前忒沒膽識，玉冠珊也覺得這位高老闆也未免並不怎麼高明。

他和赫連春水都一味拚命，先讓一眾弟子撤清再說。

高雞血急了，滿頭是汗，不住的用他那細長的紅舌尖舐在鼻尖上的汗漬，但一張大臉，都沾了汗。胖子行動不便，他克服了，但肥人易流汗，他卻無法改善。眼看友軍已撤走，敵兵愈漸增多，急了起來，連暗號都忘了打，只叫道：「撤啦，撤啦，再不撤，可走不了！」

赫連春水和玉冠珊也知道不能再拖延，拖劍迴劍，返身就走。忽見一人在身前掠過，玉冠珊以爲是赫連春水的部下，赫連春水當是高雞血的手足，高雞血見人是南寨子弟的裝束，以爲是青天寨的弟兄，三人都迅目四顧，看有沒有撇下了自己的人。

黃金鱗早看出三人要溜，立刻掠身奮追；惠千紫左臂中了一箭，吃了虧，倒追不快了。

三人裡要算高雞血跑得最快，他肥寬大影，一起一落間，已領先七八丈，往棧道上奔去。

黃金鱗一面喝令弓箭手搭箭，但敵人去得太快，就算要射，也射不及，黃金鱗一馬當先，緊追上玉冠珊的身後。

玉冠珊輕功不如赫連春水，也不及黃金鱗，眼看尚離棧道口三十餘丈，就要給截上。

赫連春水故意慢走一些，忽回搶攢刺黃金鱗，向玉冠珊叱道：「你先走，點炸藥，我就到！」

黃金鱗不料赫連春水逃跑之餘，居然還敢綽槍回搠，差點被刺個窩心搗，連忙展開六六三十六路飛金遂波傷魚刀法，一刀六招，一招六式，要把赫連春水纏住。

就在這時，敵軍一陣哄鬧，原來文張大袍裊動，正要搶上棧道來。

文張一到，追兵更加增多，聲勢如虹，高雞血已躍近棧道，回頭見赫連春水被黃金鱗纏住，不禁變了臉色。

由於他輕功奇高，雖遲走但已趕上了一眾留守弟子的後面，那群弟子見赫連春水無法退走，都回過頭來，為赫連春水高喊助威。

鐵手、唐肯、勇成正在後山拒敵，殷乘風等引家眷及主隊奔往易水，息大娘已把炸藥伏引棧道入口，只等斷後的子弟越過棧道，便點燃炸藥，截斷追兵。

赫連春水為黃金鱗所纏，文張已越眾而出，息大娘知道此人的武功，只怕都在自己和高雞血及赫連春水之上，除非是三人合擊，或鐵手上陣，或能制得住他。

鐵手正和那鎖骨鋼鞭、大頭闊口的老人力戰，並抗住一群敵兵的包抄，此時炸藥再不引爆，敵軍一旦越過棧道，只怕很難敵得過對方主力的追擊，傷亡必鉅！

這邊青天寨的子弟一齊吶喊，為赫連春水打氣，對方也高呼為黃金鱗助威，文張已然搶上，息大娘叫道：「快，快過棧道！」

一眾子弟往棧上猛搶。

息大娘向玉冠珊招道：「你來點火藥，我叫『見光』，你就不必理會，立即點燃！」

玉冠珊知道情勢緊急，道：「是！」立即自懷中找出火引子，晃燃了火頭。

息大娘拔出掛在肩上的七色小弓，卻找不到箭矢，向玉冠珊道：「劍來。」

玉冠珊一愣，即道：「是。」馬上遞上青鋼劍。

息大娘把劍搭在弩上，「呼」的一聲，如神龍乍現，飛劍破空，射向黃金鱗。

息大娘一面疾呼道：「公子，快跑，過來！」關切之情，溢於臉上。

高雞血一面揮撥射來的箭矢，在後趕羊似的護著青天寨子弟們快跑，乍聽到息大娘這樣呼喚，身形一頓，百忙中遙看了息大娘一眼。

然後再回望赫連春水那兒，息大娘以「滅魔彈月弩」，射出青鋼劍，如蛟龍掠空，直投黃金鱗！

「滅魔彈月弩」自不屬息大娘所有，原本是劉獨峰的「六寶六劍」之一寶，爲息大娘從雲大那兒奪過來的。「滅魔彈月弩」不比「后羿射陽箭」，本身就弓矢齊備，「滅魔彈月弩」原本應和「一丸神泥」配合運用，更見滅敵之效。

息大娘手中有弓無丸，只有以青鋼劍作矢，「滅魔彈月弩」本來就有驚人的威力，黃金鱗百忙中揮刀一格，刀被震飛，虎口震裂，要不是赫連春水忙著要撤退，只怕搠槍便能扎死這名勁敵。

赫連春水原還要戰，但聽息大娘這一喚，頓生全身之志，便回頭急奔。

他逃得快。

文張追得更快。

黃金鱗緩一緩氣，大呼道：「他們要炸毀棧道，快阻止！」

他是喊給文張聽的。

這一句喊出，惠千紫和舒自繡一齊掠出，要搶登棧口。

黃金鱗一手奪回官兵拾起遞上的魚鱗紫金刀，發現刀刃缺了一個指粗的崩口，心中暗驚：一個女流之輩，竟能綽手射出這樣的銳力來！心中自是懷疑不定，但唯恐失功，急起直追。

息大娘低聲喝道：「見光。」

玉冠珊立即點燃炸藥引子。

藥引子約有五尺許長。

火頭像閃蛇一般灼燦著蜿蜒燃去。

這時，青天寨弟子已全過了棧道。

息大娘扼守著棧道中途。

玉冠珊在棧道前端點火線。

高雞血在棧道口，其時風大，他肥袖飄飛，回頭望見：

赫連春水綽槍急掠！

文張在他背後不過兩尺之遙！

他們後面不到十尺，便是惠千紫和舒自繡，以及後來趕上的黃金鱗。

這三人的後面，便是一擁而上，壯大浩蕩的官兵，至少有千餘人，一齊衝殺過來！

——決不能給這群官兵踏上棧道！

——這干官兵一旦趕上主隊，只怕青天寨元氣難保。

高雞血想到這一點的時候，息大娘也同時在想著這一點。

玉冠珊已站了起來。

炸藥快要爆炸。

棧道一毀，敵人過不來，但自己人也一樣過不來。

——赫連春水來得及過棧道嗎？

玉冠珊看見赫連春水飛撲棧道口，文張寸步不離的緊追，玉冠珊急得回望，只見後面十餘丈外的息大娘，臉也白了，纖瘦的身子，像在懸崖上的一朵飛花。

青天寨弟子，更是心懸於口，大聲呼噪，期盼赫連春水能夠拒敵過得棧道這頭來。

——赫連春水過不過得及呢？

稿於一九八五年中
溫方金寶行三上首都，一下檳城
校於一九九〇年七月中
出版「溫瑞安武俠」第六輯卷上，
「妳從來沒有在背後說人壞話嗎？」

八八　我害了他

息大娘站在棧道中段，臉色微微發白，風那麼大，直扯著她的身子，但她的神色卻是冷冷清清的。

她掏出繩鏢。

搭在弩上。

瞄準。

然後發射——

◇

這一「箭」，是射向文張！

文張正全力追趕。

他的輕功要比赫連春水高。

他又把距離拉近了尺餘。

他追得極急，但繩鏢迎面射到！

如果文張不是先見了息大娘以青鋼劍射黃金鱗之勁道，如果文張不是有過人之能，這一記繩鏢，確可要了他的命！

息大娘這一箭，使青天寨這邊的人全暴喝了一聲采，官兵那頭全驚呼了一聲！

息大娘卻遙向玉冠珊叱了一聲：「抓住！」又向赫連春水大呼：「抓住！」

玉冠珊一怔，但他極之聰敏，立即抓住飛掠而過的鏢繩末端。

文張俯身，身體幾乎連在地面上，去勢更疾，直「射」了出去，繩鏢在他頭上打空，他的雙袖齊疾捲赫連春水雙足。

官兵禁不住大聲喝采。

赫連春水槍挾腋下，右手一捉，抓住繩鏢前段，正好玉冠珊抓住繩鏢尾端一扯，赫連春水登時迎空而起，被抽得飛空落到棧道前段上！

這一來，文張雙袖捲空。

赫連春水已落道上。

青天寨的人震天似的喊起好來。

采聲未了，文張已掠近棧道口。

炸藥只燃剩二尺許。

文張雙袖揮出，要罩滅火頭。

他的袖中本就有刀——韋鴨毛就是死在他的袖中刀下的。

——炸藥一旦不能引爆，官兵就會搶上棧道來。

——雖然可以在棧道甬道上力拒官兵，但給後山官兵來個前後夾擊，只怕難免要全軍盡沒。

息大娘以繩鏢凌空引渡赫連春水，但文張原來志在滅掉炸藥。

息大娘人在棧道中段，鞭長莫及。

玉冠珊和赫連春水在棧道前段，他們要趕上去，只怕不是文張已然得手，就是炸藥已經爆炸。

這是個重要關頭，關係到一群人的成敗存亡。

高雞血人在棧道口。

中的。

他本恃著過人輕功，留在棧道口斷後，以爲可以在炸藥炸起來之前回到棧道

赫連春水眼看就要走不成了，他爲他擔心；一旦赫連春水走不成了，他知道自己不一定走得成了。

可是，在這種時候，他也沒有選擇。

無可選擇。

他撲向文張。

肥袍大袖，向文張發動了狠命的攻擊。

◇◇◇

文張志在撲滅炸藥引子。

可是高雞血截上了他。

他不得不應戰。

兩人才一接觸，雙手已換了四招八式，兩人均是搶攻，扇子和匕首同時落地，兩人同在懸崖邊搶位，十分凶險。

這時，黃金鱗、舒自繡、惠千紫都已搶近合攻，但高雞血在崖邊搖搖欲墜，就是不墜，雙掌雙袖，化作天羅地網，就是不肯讓上半步。

赫連春水猛回頭，眼發紅了，挺槍要趕去幫高雞血把來敵打發掉。

息大娘卻一把拖住他。

不知何時，息大娘已掠了過來。

赫連春水大急，想甩開，卻聽文張駭然叫道：「不行了，快退——」

文張、黃金鱗、舒自繡、惠千紫一齊飛退丈餘。

息大娘忽然大叫：「高老闆，今生今世，我欠了你的情——」

只見高雞血的背影一陣搖晃，顯是受了傷，發出一陣尖笑，道：「大娘，妳沒偏心，妳沒讓老妖獨得青睞，妳也關心我——」

「轟」地一聲，炸藥爆炸。

◇◇◇

石裂山崩，天搖地動。

俟塵埃稍伏時，斷崖裂了一個大洞，高雞血已然不見。

息大娘、赫連春水、玉冠珊等伏在棧道中前段，裂縫就在數尺之遙。

而對崖的文張、黃金鱗等，也打得遍身泥石，正徐徐掙動。

——他們離得這般遠，尚且幾受波及，高雞血守在棧道上，焉有命活？

崖上已不見了高雞血。

赫連春水卻發現一把扇子，正落在他身邊，他撿起來，赫然看見泥塵中的扇面，有：「高處不勝寒」五個字。

◇◇◇

隔崖的官兵盡是吆喝、著急，但毫無用處。

他們過不了來。

棧道斷裂至少有七、八丈之寬。

他們的箭矢也射不過來——縱射得過來，也失去了殺傷力。

他們只有把兵力往前山打個大轉，翻過岩壁，才能在後山匯集。

赫連春水一手用槍強撐著，一手扶息大娘起身。

息大娘的臉更白了。

她只低低的說了一句話。

「我害了他。」

——不是爲了息大娘，一向在綠林中任暢自如、自私善變的高雞血，決不會逃亡千里，然後命送這裡。

他們三人互相扶持，走過棧道，回到後山。

就在進入棧道最後幾步時，一條人影忽一閃，似撞向息大娘來。

這人穿著青天寨弟子的裝束，似想過來稟報什麼，又似腳步一個蹌踉，往息大娘處傾了一傾。

息大娘正在傷心。

赫連春水正在難過。

他們一時都沒有防著。

幸虧他們身邊還有個玉冠珊。

——但這卻成了玉冠珊的不幸。

玉冠珊一向有個長處。

他機警、辦事有效率、記憶力奇強。

他的機警，使息大娘的飛繩營救赫連春水，得以成功。

他精明強幹，所以成爲殷乘風一手擢升的親信，以致官兵來犯，只有他這一路告急能直接通報殷乘風。

他的記憶力之佳，可記得青天寨每一位弟兄的姓名、面貌和特徵。

所以他立時發現：

——寨裡沒有這個人！

——這是誰？

——假如是連雲寨、高雞血、赫連春水的人，幹嗎要打扮成南寨子弟的模樣？

玉冠珊見此人來得蹺蹊，想起這豈不就是剛才自棧道口掠過的陌生人，立時挺身擋了一擋。

這一擋，就擋在息大娘身前。

那人原本在那一傾之時，要把一柄短刀，刺入息大娘胸中。

玉冠珊這一攔，刀便刺入他的心窩裡。

玉冠珊本來心生疑竇，想攔身叱疑，不料卻著了一刺，他手中無劍，無法反擊，只能大叫一聲，踢出一腳，那人撤手一閃，息大娘扶著玉冠珊，赫連春水挺槍迎戰！

那人急退，連闖三道攔阻，越入了後山官兵的陣營中。

那人出手前，已算好退路。

那人一退入官兵陣中，官兵正要攔截，那使鎖骨鞭的老頭即喝止道：「別動手，是顧公子！」

這人正是顧惜朝！

他假扮作南寨子弟，隨大隊自棧道中退了下來，匆忙裡，高雞血、赫連春水、玉冠珊都不曾查覺。顧惜朝本想奪回棧道，但因懼自己身入虎穴，一旦被人從後兜截，尤其像鐵手這樣的對手，自己決計鬥不過，所以遲遲不敢出手。後見棧道已被炸斷，知此戰難以一舉殲滅青天寨，便欲刺殺一名宿敵，然後再退入軍中，諒匪軍也奈何不了他。

他要殺的對象是息大娘。

因爲他知道，只要息大娘能活著，有朝一日，必不會放過他的，無論是戚少商或息大娘，跟自己的仇恨，關係到千百人的性命，八輩子也化解不了。

沒想到他這一刀，仍是要不了息大娘的命。

息大娘扶著玉冠珊，只見他本來年輕俊朗的生命力，正在迅速萎謝，原本充滿血色的薄唇，也變得紫白：「他……他不是南寨的……他不是……」

息大娘忍悲道：「我知道，我知道。」

玉冠珊吃力地想要睜眼，無奈眼皮如千鈞重，抬不起來，只說：「他傷了我……他是誰……他刺中了我……」

息大娘道：「我知道，我知道他是誰。我會替你報仇的，我一定會替你報仇。」

玉冠珊這才安靜了下來。

徹底的安靜了下來。

永遠的安靜了下來。

◇◇◇

青天寨的人終於全部撤走，除了戰死者之外，他們扶傷助弱，殺出重圍，在江水寒、風雪捲之際，強渡易水，沉舟登岸。

那使鎖骨鞭的老人，領著一組不著戎裝的大漢，苦守要道，卻遇上了鐵手。

鐵手維護南寨主隊，直衝下山。只見他雙手連揮，遇著他的官兵，幾乎全被他拋起、掟出、抓住、甩開，紛紛跌了開去，所向披靡。

不過，這些被鐵手扔飛的兵士，最多只跌個狗吃屎，或受一點輕傷、折了臼骨，決沒有重傷或身亡的。

鐵手決不想殺人。

其實，官兵也不想攔擋鐵手的去路。

他們也沒這個膽量。

所以官兵很快的便讓出一條路來。

鐵手以破竹之勢直搶下山，而鎖骨鞭的老者卻迎上了鐵手，凜然不退。

鐵手見老者矍然而立，知有來歷，忙凝神收勢，拱手道：「請教前輩尊姓大名，可否借讓一條路，在下感激不盡。」

老者冷哼道：「咱們是敵非友，不必客氣。」

鐵手道：「我們素不相識，何敵之有？」

老者仍拿鼻子作聲道：「我是受人之命，忠人於事，沒得說的！」一語既畢，鎖骨鞭連攻七式，人已逼進十六步，進一步，指掌肘足間又下了十來道殺手。

鐵手知道事宜速戰速決，見老者來勢兇猛，一面避讓來勢，一面觀察敵招。

老者連攻五十七招，鐵手都沒有還手。

到了第五十八招，鐵手遙空一掌。

跟著是第二掌。

然後是第三掌。

老者卻沒有反擊的餘地。

鐵手的第一道掌風，使老者的一切攻勢全化解於無形。

第二道掌勁，逼住了老者的身形。

第三道掌力，卻只催動了老者的銀髮揚了一揚，卻又自消解不見。

老者知道這第三掌是鐵手暗中留了一手。

老者臉色突然脹紅，忿忿地道：「好，好！我打不過你，可殺得了別人！」扭身就撲向殷乘風！

殷乘風正爲主隊衝鋒開路，宋亂水、郭亂步、馮亂虎三人正纏鬥著他。

鐵手自然不願那老者過去煩纏殷乘風，拔步便追，一面叫道：「前輩，前輩何苦……」

話未說完，忽覺足下一陷，一大片砂泥跟著坍落，原來那是一個丈餘大坑，下面插著數十柄尖刃向上，正是一個挖好的陷阱！

老者見鐵手中伏，即停步叱道：「快射、罩網！」

二十名精悍漢子分開兩隊，一隊搭箭往洞口就射，一隊張網就要封住穴口！

鐵手腳下一虛，人往下落，眼前一黑，但坑底卻映漾一片刺亮，知有利刃伏於坑中，遇危不亂，俟將近地面時，雙掌吐力，遙擊地上，人借力往上一衝，直撲坑口！

坑前十人，一齊放箭！

鐵手的掌力擊在坑底，勁力回衝，速度加快，雙掌再遙擊發力，那十名箭手的箭，全被狂飆掌勁迫得往天反射，箭手亦往後而跌！

鐵手卻夾著勢不可當的銳勁，衝出坑外。

老者驚見鐵手再現，趁他腳未立定，一鞭揮擊，這一鞭乃集他畢生功力所聚，聲勢非同小可。

但他才發鞭，鐵手人已不見。老者一鞭擊空，勢子往前一傾。

鐵手已到了他的背後，肘部回撞！

老者怪叫一聲，收勢不住，正要扎手扎腳落入坑裡。

他可沒有鐵手的掌功，無法藉掌力衝回坑口，坑裡遍布淬毒利刃，這一下去，焉有命上得了來？

他雙手揮舞，想維持平衡，連鞭都扔了，但仍止不住下墜之勢。

他總算沒有掉下去。

因為一雙手抓住了他的後領。

他回首一看。

抓住他的是鐵手。

鐵手已鬆了手。

而他身邊的十名箭手、十名網手，全都穴道被封、倒在地上、動彈不得。

老者長嘆一聲。

他已無話可說。

他總算已盡了力，不過仍留不住鐵手。

如果再要蠻纏下去，只有自討沒趣。

所以他也讓出了一條路。

◇◇◇

「連雲三亂」可不想讓路給殷乘風。

他們分三面飛襲殷乘風。

劍、刀、金瓜鎚，將三條去路封死，且一齊兜截，殷乘風除死之外，只有退卻。

——「連雲三亂」甚至還認為，如果張亂法不死，殷乘風就連個退路都沒有，只有死路。

如果張亂法未死，合「連雲四亂」之力，是不是可以制得住殷乘風？這答案宋亂水、郭亂步、馮亂虎都不知道。

可是憑他們三人聯手，是不是可以敵得住殷乘風？這答案他們幾乎是馬上瞭解。

因為他們分三個人合擊，都覺眼前劍光一閃，三人同時後退，殷乘風已闖了過去。

宋亂水怒道：「他只向我發了一劍，你們怎麼不攔住他？」

馮亂虎也忿然道：「他是向我發劍，我不得不退，你們又爲啥不攔住他呢!?」

郭亂步氣得鼻子都歪了：「他也有向我出劍啊，怎麼你們都沒看見！」

三人都只覺得殷乘風只向他個人發劍，顧著閃躲，已來不及攔路。

三人彼此不忿了一下子，都不甘地道：「我們再去截下他！」

殷乘風正如瘋虎出柙，連傷十數名官兵，正與兩名統帶、一名將官廝戰中。

馮亂虎、宋亂水、郭亂步又悄悄地包抄上去。

然後三人一齊動手。

仍是劍、刀、金瓜槌。

——動手的結果如何？

◇◇◇

郭亂步跳開。

宋亂水滾避。

馮亂虎躍退。

前面的兩名統帶，一死一傷，那軍官也早就棄戟而逃了。

宋亂水怪叫道：「好險！好險！」

馮亂虎道：「我看見了，好快的劍！」

郭亂步也叫道：「他刺的好像只有一劍，但我們三人都幾乎中劍！」

馮亂虎恨恨的道：「不行，不能放他逃去！」

宋亂水道：「那該怎麼辦？」

郭亂步道：「我們三人要禍福與共，無論他的劍攻向誰，都要三人齊心：擋，一齊擋；進，一齊進；生，一齊生；退，一齊退……」

宋亂水心慌意亂，只附和說：「對！死，一齊死——」

馮亂虎啐道：「我呸！只有他死，沒我們死！」

宋亂水忙改口道：「正是，正是，他死他死。」

郭亂步道：「我們還等什麼，再等，可截不住了！」

三人又掩了上去。

殷乘風正招呼主隊護著家眷奪路，三人又向他痛下辣手！

這次，他們都同在一路，集中往殷乘風背後下手。

——這一次結果又如何？

三人一齊滾下山坡。

宋亂水痛得呱呱的叫了起來，摸著額上的一道血痕：「好厲害，好厲害！」

郭亂步手背上也有一抹血口子，悻悻然道：「好快的劍法，我替你擋那一劍，才受了傷！」

宋亂水撞天屈地道：「我是替他架那一劍，所以才掛彩。」

馮亂虎忙道：「我是替你攔住那一劍，才滾下來的！」

郭亂步並不友善地道：「可是你總算不曾受傷。」

馮亂虎分辯道：「不錯，我沒見紅，但手上的劍，給他砸飛到不知哪兒去了？」

郭亂步一見果爾，只能嘆道：「殷乘風好快的劍，不愧爲『電劍』。」

宋亂水仍氣急敗壞的道：「這次糟了，截不住姓殷的，大當家一定又怪罪的了。」

郭亂步白了他一眼，道：「這又怎樣！難道你想學李福、李慧那兩個獃子一般送了命不成？」

宋亂水忙不迭啐道：「不是不是，才不是，他們送死，我們沒死的事！」

馮亂虎也插口道：「這也沒得怨……我們三人，都已盡了力；螳臂擋車，枉送性命而已。我們還要協助顧公子定大計呢！」

他們索性在山坡上賴著，等上面的戰局不那麼凶險才敢再上崖去。

八九　天棄人不棄

殷乘風率領百餘子弟，和兩百多名老弱婦孺，渡過易水，苦候江邊，與赫連春水、息大娘等百餘名斷後截敵的部眾會合，擊沉舟篋，整頓兵馬，尚有兩百五十餘名壯丁，其中約有三成掛彩受傷，輕重不一。

眾人隔岸只見沖天火起，知道官兵正放一把大火，把青天寨燒個清光。眼見多年基業燬於一旦，眾人在寒風中不禁感傷起來，同時也更心懷鏈憤。

高雞血已然犧牲，屍骨無存。他和韋鴨毛都被牽入這一場剿殺中，先後喪生。息大娘負疚最深，高雞血可以說是爲她而歿的。多年來，高雞血對她的心意，息大娘是聰明人，焉有不知？赫連春水也很難受，他和高雞血一向鬥嘴鬥智鬥功夫，水火不相容，高雞血一旦死了，赫連春水感覺得無由的傷心、無依的寂寞。

——也許，他和高雞血都在一段深刻而無望的感情裡，最是相依爲命、相知最深罷。而他們又不像尤知味，可以不講原則、不擇手段；他們明知無望，但仍肯爲這段絕望的戀情，付出一切。

——可是結果是什麼？

赫連春水不敢想。

——高雞血死了，他更陷入深心的孤獨裡。

一方面，他覺得自己更無望和荒唐；另一方面，心底裡那一個呼之欲出的期盼，卻燃燒得更熾烈了。

◇◇◇

高雞血和韋鴨毛的廿八名部屬，也犧牲了五人，「陷陣」范忠和「衝鋒」禹全盛也都死了，范忠來援的八人，死了四人，剩下的這廿七人，沒有了退路，暫時全跟著息大娘。

赫連春水的「四大家僕」，已被周笑笑殺了三人，十三妹則死在官兵埋伏下，只剩下一名家僕、十一郎和「虎頭刀」龔翠環三人而已。

喜來錦那一群衙差，也喪了兩人，還有十一人，仍跟著鐵手共同進退；反正他們已沒有後路了，只好跟鐵手打出一條血路。

如果不是殷乘風一早下令撤退，保存實力，只怕傷亡更重。

殷乘風畢竟是綠林中人，善於游擊，行軍打仗的事反不如赫連春水。赫連春水是名將之後，熟讀韜略，行軍進退，甚見幹練，加上鐵手的沉穩機智，雖然敵眾我寡，但依然能殺出重圍，強渡易水。

殷乘風掠撲「八仙台」，馬匹多在渡江時放棄，四顧茫茫，不知何去何從？

赫連春水道：「我們先去八仙鎮，跟海伯伯計議，看是否有容我們之地？」

鐵手沉吟道：「海老已收山多年，如今要他得罪官兵，似乎不妥。」

赫連春水想了想，道：「鐵二哥別多慮！海伯伯是我爹爹至交，他若能收容，便不會推辭；若不能，也決不致告密。」

息大娘憂慮地道：「我們此去，豈不拖累了海神叟？」

赫連春水道：「這也顧不得了。海伯伯受過我家的恩，他是響馬出身，這一帶人面熟，字號響，有他庇護，自有去處，若亂衝胡闖，一旦追兵渡江，聯合了這一帶縣衙的兵馬，來個大圍攻，只怕挨不住這樣長期的多次耗戰，不如還是讓我去海伯伯那兒探路再說。」

殷乘風估量局勢，道：「若要渡江，造得船來，少說也有兩三天，我們要是到處流竄，家眷太多，終究逃不過他們的圍堵；即使海神叟不便出面，只要有隱蔽之地，能防易守，指示我們一條明路，那便是大好的事了。」

赫連春水道：「我也是這樣想。」

殷乘風道：「那要麻煩公子走一趟了。」

鐵手道：「是不是應多帶一、二位當事人去？」

赫連春水思慮了一下，便道：「鐵二哥是名捕，暫時不宜出面；殷寨主身負重任，青天寨的子弟都看你的，也不便冒險。只好請大娘跟我走這一趟罷。」

眾人商酌了一番，也覺得只好先此議定。鐵手爲安全計，息大娘和赫連春水攜好火箭焰火信號，以備不測；殷乘風也在八仙鎭內外伏下數十精兵，以便萬一有變，及時營救，這些都是爲萬全之計。

赫連春水和息大娘略爲喬裝打扮，攜同十一郎和一名家僕，佯作夫婦暢遊，順道訪友，混入鎭中，直趕海府。

◇◇◇

赫連春水和息大娘到了海府，在巷前甩鞍離鐙，整衣下馬，通報姓名，並遞上名帖，算是禮數做足。

長工捧名帖進宅傳報後，赫連春水與息大娘相顧一眼，不禁手心都微微出汗。——如果海托山跟朝中「傅派」的人有聯絡，或跟剿定的官兵有通聲息，忽然來個翻臉不認人，他們的處境可以說是甚爲危險的。

他們只等了一會，卻如臨大敵，暗中觀察門前管事的神色，一有不對，立即退走。

正暗自惕防間，海托山卻和另一老叟親自出門相迎，邊豪笑道：「稀客！稀客！赫連公子來了！請恕迎遲！」一面摟肩搭背，狀甚親熱，又以爲息大娘是赫連春水的夫人，儘說些「珠聯璧合」、「天生一對」的話，害得赫連春水都有些不自然起來，倒是息大娘泰然自若。

赫連春水暗裡觀容察貌，覺得海托山仍可信託，豪氣未減，息大娘亦以爲然，赫連春水便將事情簡略而婉轉的向海托山提出，並表明事態嚴重，可能牽累連禍，但只要他日能平冤雪辱，定必報答。

赫連春水言明不需海托山派人相幫，只求代覓暫避之地，及供應一時之口糧；息大娘連忙補充，若海府不便，也不打緊，他們亦然明白，並會速離八仙台，只不過敦請海托山切要守祕，萬不可說他們曾來過此地求援。

海托山聽了赫連春水的話，沉吟了良久，負手來回踱了一會兒的方步。

息大娘見狀便道：「海前輩萬勿爲難，常言道：有心無力，海前輩有家有業，自有不便之處，是我們提得冒昧，請海前輩就別當一回事，我們速離本鎮就是。」

海托山抬起頭來，一下子，他臉上的皺紋又像增添了許多：「赫連公子、息大娘，按理說，別說老將軍跟我這般恩重，就光念在武林同道之義，我們相交之情，隔岸的青天寨披難，我也不該多作考慮，只是我年紀大了，不比當年了……」

赫連春水明白他的意思。

也明白他的心情。

因爲他的父親赫連樂吾也有這樣的心情。

——英雄怕老，好漢怕病，將軍怕暖飽；一旦有妻有室、有兒有女，心志便不復當年了。

——不是沒有勇氣，而是有了顧慮。

赫連春水正想要走。

海托山卻攔住了他。

他的手仍熱烈。

他的眼光仍沒有老。

「只不過，」海托山熾熱的道：「有些事年輕時做了，老時才有自豪的記憶；而又有些事，做了之後，死得才能眼閉。」

赫連春水笑了。

他看向息大娘。

這眼神彷彿是告訴息大娘：他沒有看錯，這位「海伯伯」仍是熱心人！

海托山緊緊的握著他的手，道：「你等等我，我跟老二、老三商量對策，情形如何，馬上就告訴你。」

那在旁邊一直不曾言語、神情頗傲岸的老者終於開了口：「我覺得我們也該商議一下，只不過，無論商談出來的結果是怎樣，赫連公子的事，就是我們『天棄四叟』的事！」

這傲慢的老叟說完了，就向海托山道：「咱們找老三去。」然後兩人一齊進入內廳。

◇◇◇

赫連春水當然明白那傲岸老叟那句話的意思。

——你的事就是我們的事。

——「天棄四叟」已經攬在身上了。

——現在只是在謀算較妥善的辦法。

——請放心。

息大娘卻不怎麼明白那傲叟的話。

「海托山原本跟另外三個高手結義，合稱『天棄四少』，取名『天棄』，是『天為之棄，人為之遺』的意思，當年海伯伯的出身，本不足為人道，嘗遍種種苦艱，所以便叫做『天棄』。」赫連春水解釋道，「他們結義，是以年紀作排行，以劉雲年歲最長，是為老大，吳燭為老二，巴力老三，海伯伯原名得一山字，排行第四，但若論武功，則要倒過來數才對。他們年紀大了，『四少』便變成『四叟』了。」

息大娘動容道：「我知道了，原來他們日後就是有名的劉單雲、吳雙燭、巴三力和海……」

赫連春水笑道：「原本是海四山，但海伯伯排行雖最末，武功、名頭卻大，其他三叟都最服他。海伯伯字托山，日後江湖上人都尊稱他爲『海托山』，省一『四』字，然而海伯伯仍尊奉其他三位的結義兄長，攏在海府做事，供有長職。海伯伯的念舊長情，可見一斑。」

息大娘沉吟道：「天棄人不棄，人不自棄，便自有在天地間立足之處。」

赫連春水道：「剛才那位沉默寡言，神態傲慢的便是吳雙燭，他說話很有擔當力。」

息大娘柔閑的說道：「卻不知他們閉門密議，商議成怎樣了？」

海托山自帘後步了出來，他身邊除了那名神態傲然的吳雙燭外，還跟著另一個慈目祥眉的老頭，正是巴三力，海托山一出來便豪笑道：「要二位久候了。」

原來他們三人閉門密議，決定要將近易水清溪港的祕岩洞撥給眾人先躲上一段時間，俟過得兩三個月，官兵搜索過去，風聲平定了一些之後，再作他議。

「祕岩洞」原本是「天棄四叟」當年當盜匪的高踞老巢，甚是隱祕，而且天險難犯，當年曾有官兵二度攻打，全失利無功而折返。海托山言明會暫供應食糧，由巴三力負責祕密運送。祕岩洞一帶則由吳雙燭帶領，並負責設卡、伏防的問題，以便任何風吹草動，早作照應。

赫連春水和息大娘聞言自是大喜，忙道謝不已。

海托山只說：「世侄，我跟令尊交情有如山高海深，辦這點事，也算不上什麼。」又言明再三叮囑手下小心保密，決不讓群俠在八仙台出事。

其實海托山也有難處。

他也怕被牽累，略有疑慮，復又認爲赫連老將軍在朝中握有重權，跟諸葛先生過從甚密，能在皇帝身邊說得上話，遲早必能平反此案，假如自己不曾相幫，他日還有何顏臉見赫連樂吾？更何況以武林之義、老友之情，也不該見死不救的！

他進去找上了巴三力，三人一齊細議此事。

巴三力大力反對，認爲不該惹禍上身，又慮此事和傅丞相或蔡京有關，而這兩人權傾朝野，是決惹不得的。

吳雙燭則力主相助：按照武林同道的義氣，理當施援，否則，也應提供食糧、快馬，讓赫連春水和青天寨的殘兵早日遠走高飛。

可是海托山心裡也不願赫連春水就此跑掉，生怕此事有一日成了自己官途的障礙，一時左又不是，右又不是，竟拿不定主意。

巴三力道：「不如等大哥回來，問問他的意見罷。」

海托山頓足道：「可是我現在就要安頓來的人啊。」

吳雙燭道：「那還是先把人藏一藏罷；此事十萬火急，數百條性命交攸，不容延誤。」

海托山無奈之下，只好聽取此計，領赫連春水一眾殘部，避入「祕岩洞」再說。

這邊群雄一旦得悉暫避之所，鐵手便命鐵劍、銅劍二僮，飛馬燕南，知會大師兄無情。

他不知道大師兄還在不在燕南，但無情是在思恩鎮一帶出發找戚少商的，無論他去到那兒，都會留下暗記，讓二僮追索的。

鐵手之所以派鐵、銅二僮前往，也有他的苦心：一則他希望二僮不必跟著大夥兒受苦、冒險；二則他知道二僮在戰役中一直未曾露面，由這兩個幼童請援，多不令人注意，而雙僮得離這正受追緝的隊伍，反而安全。赫連春水則派剩下那名家僕，一起同赴，以便照應二僮。

他總覺得，留在八仙台，看來已暫得安身之處，既避風頭，又可秣馬厲兵，養精蓄銳，重新再戰，但不知怎的，老是有一種不祥之兆，縈繞心頭，不過究竟是什麼，他也說不上來。

九十　魔頭會合．群俠分散

銅劍、鐵劍兩人把短劍藏於袖中，扮作近處人家出外嬉遊的僮子，由赫連春水那名家僕引道，抄道轉赴燕南，沒料他們才出門，便被文張與屬下舒自繡發現。

文張和舒自繡喬裝打扮，先渡易水，正要向當地幾個豪門大戶探道，忽見一老二少，表面上裝得悠遊自在，然神色間仍掩抑不住情急緊張，策馬匆匆離開八仙台。

文張馬上留意。

——跟著這三個人，可能便可以翻出息大娘、赫連春水他們躲到什麼地方！

文張和舒自繡立即暗裡追蹤。

結果追出了一百多里，停了三個旅驛，文張和舒自繡都發覺有點不對勁。

「青天寨」那一干流寇，決不可能一下子逃出了那麼遠！

——就算逃了這般遠，也斷無可能沿途毫無線索！

文張幾疑自己是猜錯了。

一次，文張趁一老兩小在店外用膳時，命舒自繡潛進房間裡，翻搜他們的包袱，結果發現了他們的「武器」：

——一柄銅劍，一柄鐵劍。

——還有可以接駁成一柄長斧的器具。

舒自繡立即退出房間，向文張報告。

舒自繡還向文張補充了一句：「赫連樂吾的四名家將，其中一人，使的就是這種接駁而成的大斧！」

文張搖搖頭，捫著長鬚道：「這還不新奇。」

舒自繡詫問：「莫非……」

文張道：「如我猜得不錯，那一對小劍，是『四大名捕』中老大無情的四名近身劍僮之武器。」

舒自繡訝言，道：「無情近身僕僮的武器在這裡？那他豈不是跟賊黨是一夥的了？」

文張道：「那有什麼稀奇！鐵手也混在匪幫裡，無情又清高得哪兒去！」

舒自繡興緻也高了出來：「要是我們追查到無情也庇護匪黨，加上鐵手通匪，豈不是可以奏他一本，把四大名捕一網打盡。」

文張沉吟道：「鐵手身在匪黨，助匪殺官，早已沒得翻身了；無情在安順棧裡逼李氏兄弟、連雲三亂等服假毒藥，讓官兵分散主力，以致賊黨逃脫，亦是重大罪狀。四大名捕裡，爲這件事，至少有兩個變成通緝犯。不過，我懷疑無情脫隊，爲的是救戚少商；而這兩個劍僮，是去討救兵的，至少，也是向無情會合的。」

舒自繡道：「如此這般，跟著他們，豈不就可以找到無情？」

文張道：「找到他，也許也可以找到戚少商。」

舒自繡道：「戚少商才是第一號重犯！一切追捕行動，豈不都爲他而起的！」

文張拈拈長鬚，道：「我想，我們不必放著個元寶，反去撿碎銀。」

舒自繡道：「大人的意思是……？」

文張道：「追下去。」

◇◇◇

這一追，就追到了燕南。

文張見二僮一僕闖進了郗將軍府。

文張和舒自繡小心翼翼的翻牆匿伏，發現無情、雷捲、唐晚詞、戚少商這一眾人，都在屋裡。

文張的追蹤，並沒有白費。

但他卻靜悄悄的拉了舒自繡就走。

兩人找到附近一家小店，住了下來。

舒自繡當然不明白。

「這四個重犯，全找著了，但卻不能輕舉妄動。」文張說：「無情、戚少商、雷捲、唐二娘都在，我們敵不過的。」

舒自繡道：「我們可以通知這地頭的衙差，前來圍剿他們呀。」

「沒有用的。」文張道：「烏合之眾，非其所敵，何況無情向有威名，縣衙敢不敢動他，還是疑問，何況還有郗舜才爲他撐腰？」

舒自繡問：「那我們該怎麼辦？」

文張道：「暫且先什麼都不辦。你有沒有發現一件事？」

舒自繡道：「什麼事？」

「無情。」文張道，「無情似乎全身都動彈不得。」

「這是一大勁敵，」舒自繡喜道，「他要是動不了，我們便輕鬆多了。」

「銅鐵二劍僮來報青天寨受困的事，戚少商必去解厄，他們這幾人，必去了一半或以上，剩下的，便容易料理得多了。」文張道：「我們的主要目標還是戚少商，好歹把他留下條命來再說。」

「如果無情、戚少商、雷捲、唐晚詞全都喪在大人手裡，這個功嘛……」

「這個大功，當與你共享。」

「謝謝大人提攜……」

文張住在這爿小店，自信從窗戶望落，可以監視郗府的動靜，不料這時一陣快馬，兩人投了店。

文張居高臨下，望下去，這兩人依稀相識。

文張大喜忖道：心想，在此地見此二人，真是天助我也，想來九幽神君，也定在附近，可以一舉把無情等人收拾。

——這來的兩人，一男一女，正是英綠荷和龍涉虛！

◇◇◇

英綠荷與龍涉虛數度暗算劉獨峰、戚少商等人失敗，師傅九幽神君還跟劉獨峰互拚身亡、狐震碑慘死、鐵蒺藜生死不知、泡泡神智俱失，幾乎無一有好下場，英綠荷本身護身的兩面晶鏡俱被戳破，龍涉虛也負了內傷，正相扶到這鎮上來歇息。

他們解馬入店，龍涉虛又想施故技，發橫威，唬嚇店家，英綠荷卻偷偷地扯了扯他的衣袖：「不要發蠻，有人在監視我們。」

兩人乖乖的交了銀子，入了房，龍涉虛急不及待的道：「怎麼著？」

英綠荷道：「我們才下馬，就有人在北三窗戶一直盯著我們。」

龍涉虛一連吃了幾個敗仗、又傷了幾處，心無鬥志，忙道：「那還不走，待在這裡等兔子爺不成！」

英綠荷道：「不能走。我們這一走，反而打草驚蛇，教敵人捎上了，敵暗我明，豈不更糟！」

龍涉虛道：「那該怎麼辦？」他腦筋子一向遲鈍，主意就看英綠荷的。

英綠荷一咬下唇道：「咱們反撲上去，我認得是北三房的窗子！要是上道的，咱們見機不妙，來個夜裡撤；要是不上道的，趁黑裡招呼他個白進紅出不就結了！」

龍涉虛自然同意。

到了初更，英綠荷與龍涉虛換上了夜行衣，摸到北三房，到了門前，猶豫了一陣，兩人悄悄用刀抬起了門閂，閃了進去，見沒有動靜，兩人往床上就一壓，一刀就扎了進去。

英綠荷刺了一刀，立知不妙，失聲道：「不好！」

龍涉虛在黑裡問：「怎麼啦？」

英綠荷低聲道：「不妙，床上沒人。」

龍涉虛跳過對床去，「我那兒也是一樣……」肩膀挨在英綠荷胸上，忽又動了淫念，「他們不知溜躲到哪兒去，不如我們倆在這兒先來個……」

英綠荷忽低叱道：「不對路，咱們先回房！」

兩人不帶聲息的閃了出來，自窗戶躍回他們的房間去，才一躍下，便發現房間「嗖」地一聲，似有些不對勁。

龍涉虛卻已躍了下去。

英綠荷叱了一聲：「小心！」話一出口，已閃離原位。

只聽房間裡精芒一閃，似有人拔出了利器，被月光反照了出來。

龍涉虛也發現了，三尖兩刃齊眉棍虎的一響，往精光處就砸！

「噹」的一聲，兩件兵器交在一起！

只聽另一角落有人低喝了一聲：「別動手！」

英綠荷聽聲辨位，鐵如意一招三式，都是殺手。

但三招皆不著，反而屋裡的事物，被她碰得哇啦啦、豁琅琅一陣響。

英綠荷三招擊空，心知來人決非庸手，不理龍涉虛那邊的戰況，翻窗就走。

只聽一人沉聲喝道：「尊駕是誰？請留姓名！」

英綠荷心中冷笑：你們三更半夜，潛入我們房裡，帶著兵器，還問我們是誰？

不料龍涉虛一向膽大腦鈍，竟答：「兔崽子！俺行不改姓，坐不改名，龍——」

英綠荷人在窗邊，一聽之下，叱道：「住口！」

只聽暗裡那人似吁了一口氣，道：「窗上的可是英女俠？請不要走。」

龍涉虛跟敵手摸黑遞了幾招，退到窗邊，低聲問英綠荷：「怎麼辦？」

忽一人搭住他的肩膊，龍涉虛發現不對，正要掙扎，但已麻痹了半爿身子。

這時，卻聞一陣馬蹄聲響，在街外由近而遠。

龍涉虛以為英綠荷已捨他而去，急叫道：「英師妹，師妹妳——」

黑暗中的人再無置疑，晃亮了火蔑片，一面道：「誤會，誤會！下官姓文，我們以前見過，這次夜闖二位寢座，實情非得已，尚請見諒。」

只見窗外探入了一雙明亮的眼珠子，不住的探察，文張放開制住龍涉虛的手，向窗外拱手笑道：「英女俠請進，莫不是不認得下官了？」

英綠荷一看，發現房裡只有兩個外人，一個文質儒雅，溫和有禮，正向她發話；另一人劍眉星目，持著鐮刀，剛與龍涉虛的齊眉棍交手的便是他。

英綠荷光詳看，這才放了心，躍入房間裡來，也還揖道：「原來是文大人還有舒老總！」

文張笑道：「英女俠、龍壯士，咱們這份黃夜闖入，當真失禮了。」

英綠荷心中還是防著：「難得文大人深夜有此雅興，駕臨探問，卻不知所為何事？」

這時房裡交手的聲音，已驚動外頭，店家掌燈過來察問，英綠荷隔著門說沒事，店家嘀咕一陣，才告退去。

文張笑道：「下官原有要事與二位共商，不想驚動旁人，不料兩位夜深外出，始有此誤。」

英綠荷也聽得出文張話裡的譏誚之意，心中老大不悅，對文張的問話，便也十分保留，文張問起她九幽神君的情形，英綠荷不想讓對方知道他們後盾已失，只說：九幽神君已殺了劉獨峰，也重傷了無情，無情於今暫失去反抗之力，但九幽神君也受了點傷，無法將戚少商等一網成擒。

蔡京請動九幽神君出動，原本就是傅宗書穿的針、文張引的線。這點九幽神君的弟子，除了早已命喪在「四大名捕」手裡的「土行孫」孫不恭和「人在千里、槍在眼前」獨孤威之外，其他七名弟子：「駱駝老爺」鮮于仇、「神鴉將軍」冷呼兒、狐震碑、鐵蒺藜、泡泡、龍涉虛、英綠荷都知悉此事。文張是自己人——這一點英綠荷是可以肯定的。

不過她連遭鎩羽，師父亡歿，同門亦先後慘死，使她如驚弓之鳥，不得不暗自提防。龍涉虛一向看英綠荷臉面行事，英綠荷說的雖與事實略有出入，他也不敢更正。

文張一聽，自然忻喜。

——劉獨峰死了。

文張的「勁敵」可謂又去了一個。

——無情傷重，不能動手。

只餘下戚少商、雷捲和唐晚詞三個大敵，至於三僮一僕，文張還沒把他們瞧在眼裡。

英綠荷又告訴他：那封事關重大的「血書」，就擺在戚少商的劍鍔裡。

文張道：「無論如何，我們有三件事物是志在必得：一是戚少商的人頭，二是那份祕件，三是要趁無情無還手之力，把他殺了。這件事，還得借重兩位的大力幫忙才行。」

英綠荷與龍涉虛也恨煞戚少商、雷捲、無情等人，自有殺師之仇要報，不過又自忖未必是這幾人的對手，臉上難免露出遲疑的神色，口中更不敢貿然答允。

另一方面，英綠荷又知道自己頓失靠山，亟需要文張這等在官道上武林中都吃得開的人照應，所以也不敢拒絕文張的要求。

到了第二天，文張派舒自繡易容喬裝，在郗將軍府附近打探，卻發現戚少商和雷捲及使長斧的僕人已不見。

文張自是驚疑，使人再探。這次花了好些銀兩，買通了郗府的一名長工、一位管事，才知道雷捲和戚少商果然走了。

那是在昨晚初更以後離開的。

文張細察時間，才知道昨晚他跟龍涉虛、英綠荷糊裡糊塗中交手之際，正好是那名僕役帶著戚少商及雷捲飛騎出城的時候。

文張自知一時失策，頓失戚少商及雷捲的影蹤。

——想必是聞殷乘風的「青天寨」已破，黑夜趕去急援罷？

——如果跟上他們，豈非不止能殺戚少商、取血書，還可以識破那一干流匪的匿藏之處！

文張只好跌足長嘆。

——既然戚少商、雷捲趕路趕得如此之急，要趕上他們便難上加難。

文張立即動手。

——這兒還有無情及唐晚詞，殺了再說。

他把這個意念告訴龍涉虛及英綠荷的時候，他們二人都甚贊同：

無情已形同廢人。

殺一個唐晚詞，何難之有？

至於鄒舜才、三劍僮、九衛士，他們都不認爲是什麼障礙，只要雷捲和戚少商不在，英綠荷與龍涉虛反而膽大了起來。

九一 攔道

到了約莫巳牌時分，郗舜才等一行人離開了「將軍府」，直出燕南，走上了官道。

文張點算一下，向龍涉虛、英綠荷、舒自繡道：「郗舜才把他手下的七個衛士都一起帶出去，看他們的行裝，像是要出遠門，無情、唐二娘和三劍僮都在一起，我們俟他們一上郊道，即行截殺。」

龍、英、舒三人都躍躍欲試。

文張心裡卻有分曉：無情等這樣匆忙的往京城道上走，必定是有了對策，不管是爲了自身安危，還是鞏固己方的權勢，他都必須要在道上殺掉無情。

他一直避開不想與「四大名捕」正面衝突，可是他又知道，只要自己官階繼續擢升上去，總有一天，這朝中的兩大勢力，必定會來一次對決；而自己跟「四大名捕」，也難免會來一次決戰。

——所以他必須在自己還有勝算的時候，把「四大名捕」逐一除去。

——而在難以占便宜的時候，儘量忍讓求存，就像上次他寧犧牲李鱷淚，也不與冷血爲敵一樣。

◇◇◇

到了離官道約十餘里的倒灶子崗，無情跟唐晚詞道：「二娘，你可知道我們赴京的用意？」

唐晚詞在馬上一撮髮絲，笑道：「你是要反守爲攻，回京去告這一干狗官一狀！」

無情也騎在馬上，但他無力騎馬，銀劍替他策轡。因爲要趕路，郗舜才本要請腳伕起快轎，但遭無情拒絕，生怕拖慢行程，這一來，連熱心的郗舜才也不好意思坐在轎子裡，只好在馬上冒日曬沾風塵了。「我已把奏本寫好了，你單騎快馬，便於趕程，大娘和赫連公子、殷寨主處境危殆，不如請你跟鐵兒、銅兒，先趕到京裡去，聯絡諸葛先生，先行請奏爲重。」

唐晚詞想了一想，凝凝定定的搖了搖頭。

無情很有些訝異：「妳不肯？」

「我不願意。」

「因爲我知道你的用意。」

「你想把目標全攬到自己身上，把我引開，以免萬一發生事情，我還能活，你不妨死。」

「是不是？」唐晚詞很柔靜的問。那一雙清明的眸子，看得無情不敢去對視。

「不止如此。」無情挪開視線，「我是以大局爲重，我這封信，一定要遞上給諸葛先生；這份奏摺，一定要面奏聖上。」

「所以我保護你去。」

「妳可以代我去。」

「爲什麼？」

「因爲這樣可以更快。」

「但你的手只能動，不能使力，我走了，你更危險。」

「我從來都不需要人保護的。」

「我不是在保護你。」唐晚詞爭辯的時候，仍帶有一份韻味無窮的笑意，彷佛在跟一個小孩子在辯駁，不動肝火，「我們在一起，更加安全。我也在保護自己。」

「妳真的不去？」無情沒奈何。

「你如果一定要找人去，可以找郗舜才。」唐晚詞的紅唇向得意洋洋策騎走在前面的郗舜才呶了呶。

「他還不便做此事。」無情輕聲道：「我也還沒有完全信任他。」

唐晚詞笑了。

她的眼色更美了。

在冷風中，她凝靜的美豔，多情而風情。

「你最好也不要完全信任我。」

無情聽了，忽想起姬搖花。

然後他的心就似被炙鐵刺了一下。

他立即道：「妳弄錯了，我也沒有完全信任妳，我只是信得過妳去做這件事情而已。」

「真的？」唐晚詞故意拉韁走慢了一些，打量著無情的後身，又說，「真的？」

無情氣苦，斬釘截鐵的說：「真的。」

郗舜才卻打馬回來，興緻勃勃的道：「我好像聽到兩位齒及下官的名字？」

唐晚詞笑得更是艷艷的。

無情忙道：「我們都說，讓將軍辛苦了。」郗舜才本來只是副將，稱他「將軍」，他總是高興得飛上了天。

郗舜才一聽果樂，笑得闔不起嘴來：「應該的，能為朝廷做事，應該的，應該的，能為諸葛先生效命，應該的，應該的，能為四大名捕……」

唐晚詞笑道：「不應該的，不應該的，實在不應該請你老遠跑這一趟的。」

郗舜才仍是一個勁兒的道：「應該的，應該的，我早想趁便上一趟京，拜會諸葛先生，還有……」

郗舜才見無情上京，也許是因爲太久沒有出來活動，也許是因爲心志仍豪，也許是念舊思昔義，也許是想趁此討功……他一力要帶七衛士送無情回京。無情本要婉拒，但覺得沿路上有郗舜才這等官面相送，一切事情都易打點多了，因此也不堅拒。可是這郗舜才並非可擔大任的人物，心粗口疏，無情還不敢囑以重託，但心中也頗感激郗舜才的這番熱切。

郗舜才又道：「再過七、八里，就是思恩鎮。那兒有個鄉紳叫賓東成，不像話啦，上次劉捕神路過，他都不通知我，接待又不周到，我看大捕爺這次路過，也不必照應他了。」他能接待無情這樣的人物返京，頗覺躊躇滿志，巴不得讓他的對頭賓東成羨煞。

無情只淡淡的說：「咱們還是趕過三個驛站，能不驚動不干事的人，自是不驚動的好。」

郗舜才只好道：「是。」打馬又到前面吩咐去了。

無情和銀劍同坐一匹馬，鐵劍和銅劍又共騎一匹馬，其餘是一些扛夫、僕役，郗舜才身邊的「無敵九衛士」，剩下七人，洪放、余大民、梁二昌、倪卜、曾寶宣、林閣、曾寶新，倒是全都來了。

這七人又分作兩撥，洪放和梁二昌，左右護著郗舜才，曾氏兄弟則在前面開道，林閣和倪卜押後，佘大民則負責「照顧」無情、唐晚詞和三個小僮。

無情和唐晚詞當然是不需人來「照顧」。

所以佘大民只有跟三小僮閒扯。

光天化日，人多勢眾，郗舜才等都不認爲有什麼值得戒備的。

無情仍小心翼翼。

雖然，他據銅劍、鐵劍所報，顧惜朝、黃金鱗、文張這種棘手人物，全耗在易水一帶，而九幽神君已死，按照道理，不大可能有人會在路上伏擊。

但無情仍小心提防，而且已經小心提防了。

——小心，不一定就可以不發生意外，但小心的確可以避免意外的發生，或使意外的發生不那麼意外。

可是意外會發生嗎？

會的。

◇◇◇

每個人一生裡都會發生一些意外：有的多，有的少；有的大、有的小；有的無傷大雅，有的無可挽救。

如果意外能夠事先預防，那就不叫意外了；意外一如命運，當你知道有它，便無可避免了。

否則也不叫命運。

就算你能避開它、改變它、抗拒它，那也只是「命運」的一部分，你並沒有超越命運，命運裡，早已安排你的種種「反應」。

◇◇◇

林閣屬於心粗氣豪的那類人，他不相信命運，但怕鬼。

事實上不到他不怕，那次在荒山之後，他就被「鬼」幾乎嚇破了膽。

所以他對風吹草動都特別留意。

因爲他最提心吊膽。

提心吊膽的人容易杯弓蛇影。

他真的看見了草動，但卻不覺有風吹。

雖然在晴天亮日下，他還是有點心驚膽跳，忙湊近倪卜處，說：「我看有些不對勁。」

倪卜笑了笑，道：「我看你才有點不對勁。」

林閣不服氣地道：「為什麼？」

倪卜道：「因為你整天疑神疑鬼，草木皆兵。」

林閣道：「但這世上，真的是有神鬼的，你不信？」

倪卜冷聲道：「我沒見過，所以我不信。」

林閣駁道：「我也沒見過，所以我信。」

倪卜道：「你信，那對你有什麼好處？」

林閣道：「你不相信，對你又有什麼好處？」

倪卜道：「至少我可以——」忽然，旁邊草叢「嚇」的一聲，疾射出一塊黑忽忽的事物，倪卜要避，已來不及，正中左顴。

倪卜大叫一聲，登時血流披臉，摔落馬下。

就在這同時間，一人如鐵塔般，向林閣掠撲而至。

林閣早有防備，一旦發現勢頭不對，忙滾落馬下；那匹馬被那撲下的人一壓，立時哀嘯一聲，四蹄俱折！

林閣大叫道：「救命、救命！」

前面的人一齊勒馬回頭。

無情叱道：「小心！」

話才出口，一條袖子，已捲住曾寶宣的脖子，曾寶宣抽刀要割，另一條袖子又絞住他的一雙手。

曾寶新想上前救助，但精光驟閃，一抹彎刀掠過，曾寶新後脖冒血，跌下馬來。

這時，那一對淡淡的袖子又收了回去。

雙袖當然掩著一對手。

這對手的主人是一個溫文儒雅的人。

他身旁那位眉目清秀的漢子，已攔手收回了鐮刀。

這四人一出現，就殺了三個人。

他們原本想要一下子突擊，至少可以連殺四人的，這樣的「成果」，他們並不感滿意。

還好，他們知道剩下的人必然一個個都難逃活命。

他們有這個自信。

在無情的喝令之下，大伙兒全攏聚在一起。

洪放護著郗舜才急退，梁二昌斷後掩護，余大民揮白蠟桿，林閣連滾帶爬，返回大隊。

三劍僮一齊躍落地上，銀、銅、鐵三劍一同出鞘。

唐晚詞的唇更紅了。

她拔刀。

雙刀。

她多準備了一柄刀，一長一短。

長刀是要別人的命。

短刀是跟敵人拚命的。

無情徐徐的、緩緩的、深深的、但又輕輕的在吸氣。

——其實呼吸是很好的享受，只不過一般活著的人並沒有特別去感受。

——尤其是空氣還好的時候，多吸幾口氣，是活著的人才能擁有的享受。

無情估量情勢：

敵人似乎不多。

只有四個，前面攔道的兩人，後面截路的也是二人。

但這四人均是扎手的勁敵。

——他們是文張、英綠荷、龍涉虛、舒自繡。

這四人當中，最可怕的就是文張。

這人是個老狐狸，有少林「金剛拳」和「大韋陀杵」的硬門功力，偏又精修「東海水雲袖」的軟門武功，而且「袖裡藏刀」，是有才有智、能屈能伸、心狠手辣、口蜜腹劍的人物。

英綠荷、龍涉虛都受了傷——但受傷的狼就像餓瘋了的狼，比平常的狼更難應付。

舒自繡外號「咽喉斷」，人傳他爲「小四大名捕」之一，是文的得力助手。

這四個儘管難纏，但無情自度自己如果不傷，就算四人一起上，他也可以應付得了。

可惜現在他已有心無力。

對方似乎有恃無恐。

——他的雙手雖然可以活動，但卻提不起勁力，「秋魚刀」的餘力尚在。

——缺乏了勁道，暗器就像沒有了毒牙的蛇，失去了殺傷力。

——一記輕若鴻毛的拳頭，試問又怎麼傷得著人？

——自己無法動手，唐二娘、三劍僮，還有郗將軍及剩下的四衛士是不是可以敵得住這四個一上來就下殺手的大敵呢？

雖然敵寡我眾，無情已有防備，但仍覺心頭沉重。

◇◇◇

文張輕咳一聲，向郗舜才道：「我是官，我是奉傳相爺之命，前來截殺流寇的。你們要是助我殺匪，有功有賞。」

郗舜才把胸一挺，戟指怒道：「我也是官，你殺了我的人，把命償來。」

文張冷笑道：「你敢違抗朝廷命令？」

郗舜才本來有些氣怯，因爲他曾在京城官場的酬酢裡，確然見過文張，知其所言非虛，但他終究膽氣一豪，指向無情大聲道：「他也是官，諸葛先生叫他來查辦枉職濫權的貪官，就算你是官，你也是該被撤職查辦的狗官！」

無情沒想到郗舜才會說出這種話。

看來錦繡華廈、珍饌美食，並沒有使郗舜才變成了個懦夫。

文張笑了，他綽鬚道：「好，好，好。有種，有種！這些這麼有種的人，自是一個也不能留。全都給我殺了！」

九二　簫聲笛聲

文張這邊只有舒自繡、龍涉虛與英綠荷，一共四人。

無情這方面的人，卻有唐晚詞、銀、銅、鐵三劍僮，郗舜才和林閣、洪放、梁二昌、余大民總共十人。

這原本是無情那兒勢眾，但其中最大的危機是：無情已失去了動手的能力。

無情不能出手，便無人制得住文張。

文張還要下令發動，這畢竟是官道，雖然行人不多，但自是速戰速決的好。

三劍僮立即撲向龍涉虛。

龍涉虛高大威猛，他的掌力裂雷驚濤，但也就因爲太過壯碩，應付這三個身形靈動、劍法矯捷的小僮，反而在移動應招間覺得處處不便。

英綠荷掠向無情。

除了要報殺師之仇外，能把無情格殺，那也是一件足以震動江湖的事。

英綠荷當然不會放過這種機會。

文張並沒有搶在前頭，只要能假手他人去殺「四大名捕」，他總是讓別人下手——萬一在朝廷局勢有些甚麼個變動，權力有些甚麼個轉移，問罪下來，他仍是可以推諉：那不是他殺的！

英綠荷一搶近無情，唐晚詞已揮舞雙刀，截住了她。

英綠荷跟唐晚詞交過不止一次的手。

她自知不是唐晚詞的敵手。

這時候舒自繡的鐮刀，發出驚人的銳嘯，捲向唐晚詞。

英綠荷立刻放了心，她的鐵如意也發揮了狠著：

——以二敵一，必殺唐晚詞！

舒自繡衝過去圍攻，當然是文張的意思。

——先殺無情，以絕後患！

——只不過無情最好是死在別人的手上。

他要舒自繡助英綠荷一臂，不但要殺唐晚詞，更重要的是使英綠荷有機會去殺無情。

他自己呢？

◇◇◇

他倒不急。

他一看當前的局勢，便已知道無情確無動手之力，他是勝定了。

換句話說，這些人是死定了。

一個活口也不留。

他摸出了一支笛子。

這才是他的獨門武器。

笛一擺近唇邊，立即發出三聲急嘯。

每一聲嘯聲，都令無情震動一下。

三下笛響，使無情臉肌抽搐，青而煞白。

——他的確是完全失去了功力。

甚至連內力根基淺薄如郗舜才，乍聞三下笛音，也不過是感覺到刺耳刮心，並不似無情如受重擊。

——這主要還是因無情本身並無內力，而僅持的一點元氣又被「秋魚刀」化去，所以更是虛弱無依。

文張肯定了這一點後，更覺安心。

現在他可放心對付郗舜才以及他身邊的四名奴才了。

他把笛子仍然放在唇邊。

無情的臉肌仍無法回復正常，他的手艱苦的往襟裡摸。

誰都看得出來，他的手指正在發抖。

文張不禁停了下來。

——他要摸甚麼？

——暗器？

◇◇◇

無情好不容易才自懷裡摸出一管簫。

文張笑了。

——無情抵不住他的笛音，只好想用簫聲來壓制。

——沒有用的。

——就算他抬出一面大鑼，也壓制不住他的笛聲。

文張還是要試一試，他撮唇於笛孔旁，一下子又發出三聲連嘯，合成一音，似暗器破空般銳射而出！

無情摸出玉簫，簫一擺到唇邊，立即就溜出幾聲悠揚動聽的韻律，清越淒切，但笛聲裂空，簫韻也似割裂，頓挫了三次。

三次過後，無情唇邊有血。

他以雪白的袖子揩抹。

文張笑了：「成捕頭，你的簫藝縱能教鳳舞龍吟，也沒有用了，我的笛是用來殺人的。」

無情不理他，仍然低首吹簫，開音初尚平平，但即湍籟逸飛，上遏雲辰，悠雅低迴，時羽聲高揚，呼吸槃擗之際，使在戰中的雙方，一時心無鬥志。

文張暗吃一驚，叱道：「好簫！」一連吹響幾下急笛。

這幾下笛聲仍如銀瓶乍破、鐵騎突出，但無情已沉浸於韻律裡，僅在衣袂間動漾了幾下，並沒有被震倒。

文張怒笑道：「我就看你怎樣吹奏下去！」

——無情雖無發暗器之力，卻居然有一記絕活！

——再讓他吹奏下去，只怕把自己這方面人手的鬥志全摧毀了！

文張知道不能再等。

無情雖不能發暗器，但他的簫聲，猶如無形的暗器，甚至無可抵禦。

他只好改變原來的計畫。

他決定要親自動手殺掉無情。

他的笛子一揚，半空發出尖嘯，洪放、余大民、梁二昌、林閣一齊湧上前去，要攔截他。

唐晚詞心中大急。

她知道這四人斷斷攔不住文張。

——無情不能死。

她揮舞雙刀，但舒自繡的鐮刀，緊釘著她的長刀，英綠荷的鐵如意，緊逼著她的短刀；她愈想衝出去，敵人的攻勢就愈緊。

唐晚詞一口氣搶攻了八刀，稍稍一頓，又攻八刀，英綠荷與舒自繡的攔阻力似被衝破，唐晚詞正待衝出，鐵如意和鐮刀的攻勢又合攏了起來，唐晚詞突然發現三個人身上都有了傷痕。

英綠荷傷在手背。唐晚詞攻勢太猛，她只好讓上一讓。

但只不過一讓，她又把缺口塡補了過來。

舒自繡傷在腿。他眼見唐晚詞的攻勢烈，無法不作暫退。

但他只不過是退了一退，又包抄了上來。

唐晚詞臂上著了一記鐵如意，臉頰被刀鋒劃破了一條血口，但她仍突破不了二人的合擊。

三人在搶攻緊守中皆負了傷，但因搶攻太甚，都渾然未覺。

唐晚詞在百忙中一看戰場：

三劍僮仍苦鬥龍涉虛。

三劍僮都制不住這鐵塔般的巨漢，但這巨人一時也抓拿不著他們。

三劍僮就似三隻靈敏的飛鳥，在巨龍身邊飛繞——可是這終究是凶險至極的：因為飛鳥始終無法傷及暴龍，而萬一不慎，給巨龍擊砸一下，那就不堪設想了。

唐晚詞很為那三個小孩擔心。

但她眼角一瞥上文張的戰場，心頭大亂，連手中長刀都被打掉了。

只剩下短刀。

她把一絡黑髮咬在貝齒間，只有奮身苦拚。

文張以一敵四。

當唐晚詞看那一眼的時候，已變成了以一敵三。

林閣已歿。

他的額頭被笛子打穿了一個大洞，鮮血汩汩淌流。

誰都看得出來，洪放、佘大民、梁二昌三人是絕對攔不住文張的。

佘大民的「三江夜遊白蠟槍」，就招趕招，一根白蠟桿，同使出劍、棍、槍的狠著，梁二昌的七節鞭，狠打狠著，鞭上七節，伸縮自如，併在一起，是硬門兵器，但串散開來，便成了軟兵器，殊不好應付。

可是文張壓根兒沒把他們放在眼裡。

他的大袖飄飄，像是吃飽了風的布帆，又似兩道軟不著力的氣牆，誰都攻不進去。

別人攻不進去，他卻能攻人自如；笛子一旦出擊，非死即傷。

林閣的「五郎八卦棍」，是冀東第一把手，當日在郗將軍所設的擂臺競技，他如果不給洪放的內力震倒，及被梁二昌放軟鞭纏住，人人都猜測他必當上統領之職，只看或正或副。無論怎麼說，他除了膽小一些，性子拗倔一些，容易自以爲是，在處事上容易執迷，在處世上不易勘破之外，也算是將軍府裡一把好手。

但這把好手就毀在文張的手中。

他的笛子突破四人的圍攻，擊中了林閣、擊倒了林閣、擊殺了林閣。

四敵中少了一人，文張的氣勢更是雄長。

郗舜才見愛將又死了一名，自然怒急攻心。他發掘這干親信不易，而且長久相處，跟他們倒似兄弟一般的感情；他本來近年怕事懦弱，能不拚命，他當不硬拚，可是眼見曾寶新、曾寶宣、倪卜及林閣相偕而亡，他倒是激起了豪俠心腸，揮舞大刀，也要加入戰團。

文張當然無懼。

再來五個郗舜才，他都不怕。

他心裡分明：自己仍被纏住，那不是因爲別的，主要是洪放那一對肉掌，和他雄渾的內力、倏忽的身法。

——這才是這幾人中的硬點子。

◇◇◇

洪放心裡明白。

——就憑自己這些人，決不是文張之對手。

——如果惡鬥再持續下去，自己這方面必敗無疑。

人都難免貪生怕死，所謂「禍福與共」，其實多是希望有福同享、有難你當。洪放空有一身本領，但出身寒微，誤交匪友，被官府剿誅，朋黨死絕散盡，只賸下他一人，黯然浪跡天涯，苦練武力，有時做做獨腳盜，有時當當大戶護院，要不是郗舜才賞識器重，他可能還在別處掛單。

郗大將軍對他無疑有知遇之恩，故此郗舜才之才能，縱未能教他膺服，但他一向盡忠職守，唯命是從，為的是報郗舜才對他信重之情。

可是人到了生死關頭，義氣、血性是不是那麼重要呢？

——別人是全忠盡義，留名青史，或成仁取義，流芳百世，但他自己為人捨命，求的是什麼呢？

——人死了就是死了，什麼富貴榮華、什麼名聲地位，全完了。

——他跟文張本無仇讎，而今為郗舜才拚命，是不是值得？

——如果說他要報答郗舜才，這些日子以來，為他鞠躬盡瘁，不是已經報答了麼？

洪放眼見文張在化解他們狠命的攻勢中，從容殺林閣，他心中又是一沉：

——林閣被殺，無情無法阻攔，看來，無情是真的失去了作戰的力量，這局面要全落在他們的身上了。

——而這些人當中，又以自己武功最高，所以責任也最重。

——這是拚死的責任。

責任愈重，危險就愈大。

這點洪放更加清楚。

就在這時候，文張說話了。

他在劇戰中說話，從容淡定就像家常閒話一般：「你就是『掌底乾坤』洪放是不是？我正是待用人之際，你替我殺了郗舜才和這兩個莽夫，我對你便既往不究，必加重用。」

這個局面，洪放也在午夜夢迴，暗自想過：當生死榮辱間的抉擇，他面臨求生、得利、遂青雲志，會不會出賣故主呢？

眼下便擺明了這一道抉擇。

洪放心下有了決定。

◇◇◇

唐晚詞開始是想早早把英綠荷和舒自繡砍殺，好去保護無情。

接著她只想突破二人的合圍，助洪放等圍截文張。

跟著下來，她只希望不要落敗得那麼快。

因為她已經知道，她決非英綠荷與舒自繡二人聯手之敵。

明白了這一點之後，她已知道自己已失去救人的力量，甚至也沒有自救的力量。

於是她的願望變得就跟少年人所許的志願一般：人在年少時志願總是偉大的，但等到日子一天天的過去，他發現人生裡有很多必然的過程要歷練，有許多挫折和起伏要度過，直到後來，便會發覺一些自己一向認為不怎麼看得起的俗世成就，他都不能達到，便會開始冷靜下來，重認自己，再作檢討。

所以年輕人志大，到了壯年，有志氣已就很難得了，到了中年，志氣換為俗氣，等到老年，俗氣又成了暮氣了。

血氣方剛的人罵老人家「老氣橫秋」，殊不知一個人生命已將秋盡，接近冬藏，你想他不喪氣都不可以。

唐晚詞此時已明白真相。

明白真實情況的人通常無法奮亢起來。

因為真相往往使人氣沮。

唐晚詞手上有一把短刀，已不能拒敵於遠，所以封守的多，搶攻已感吃力，要不是舒自繡斷了幾根肋骨未曾痊癒，而英綠荷胸背的晶鏡俱破，失去了護身法寶，委實不敢太過近身拚命，唐二娘早就要敗在他們手裡了。

唐晚詞奮戰著，忽然心裡一動。

同時也是心裡一痛。

因爲她想起了一個人。

雷捲。

——無論妳去哪裡，我都惦罣著妳。

雷捲曾對她如是說。

——現在雷捲在哪裡？

——捲哥，捲哥，我惦罣著你。

唐晚詞估量情勢，知道這心血來潮似的惦記，恐怕也不長久了。

一個人如果失去了生命，也等於失去了感情，失去了記憶，失去了一切。

所以她想趁這一息尚存之際，好好的惦罣一下這個心裡一直想著的人。

——縱沒有天長地久，但總算有了這生死一髮間的剎那，自己是全心全意的念著他。

可是他呢？

——他正在想什麼？

九三　呼喚

雷捲正和戚少商策馬快騎，往八仙台方向飛馳。

這時，他們正在一處溪邊稍作停留，領馬飲水，舒展肢體，準備片刻後又作趕路。

雷捲望著草原一片蔥青，天淡雲閒，似乎怔怔出神。

忽然，他的駿馬希聿聿一陣嘶鳴，雷捲似是震了一震。

戚少商馬上就看出來了。

「想人？」

「嗯。」

雷捲苦笑了一下，不知怎的，心頭那一點艷冶而淒美的身影，總是擱不下來。在那馬鳴的一刹，彷彿有人在喚他，真的，心裡頭有個細細的聲音，正在哀切低迷的喚。

在這一刻裡，雷捲心頭隱隱覺得掛心，很想不顧一切，往回頭的路走。

但他不能。

——「青天寨」、「毀諾城」以及一大干武林同道，還在等著他們的急援。人生裡總有些牽腸掛肚的事，總是不能讓人可以痛痛快快。

——或許，人生裡真正痛痛快快、一了百了、無牽無掛、不聞不問的，只有一死。否則，就算你看破紅塵，落髮出家，還是得掛著肚皮、留意天色、尋覓棲身之處。

戚少商彷彿看透了他的心事。

那是因爲戚少商心裡也惦著人。

所不同的是：戚少商正在赴見息大娘，會面的心情是愈來愈濃烈了；雷捲則不一樣，他是跟唐晚詞分別，愈行愈遠，離意愈深切。

所以戚少商心裡很慚愧、很歉疚。

他覺得自己連累雷捲太多了。

不過，他所連累的人，又何止雷捲一個？

一個人如果欠人太多，他已沒有辦法償還，他唯有盡力的讓他所虧欠的人覺得這虧欠是值得的。

故此戚少商力圖振作。

他能在郗將軍府回上一口氣，只要有一天還有息大娘、雷捲、鐵手、無情、劉獨峰這些朋友，他便要活下去。

好好的活下去。

因爲他已找到了活著的意義。

當他看見雷捲一向森冷的眉宇間抹過一陣憂傷，他已了然雷捲想起了什麼。

——戀愛的人總是易喜易嗔。

——戀愛的人總是愛受傷。

他很想請雷捲回燕南的道上去。

——他自己一個人獨渡易水就可以了。

但他還沒有開口，雷捲的視線已從天外雲際收了回來，說：「我們走吧。」說罷他又很輕很輕很輕的，嘆了一聲。

戚少商的話說不出來了。

因爲他曾跟隨過雷捲，他知道這位「捲哥」的脾性：這個臉冷心熱的人，一旦下決心赴義決死，縱千折亦不回，誰若是叫他回頭，不論是用什麼藉口，那是白碰一鼻子灰而已。

戚少商明知勸不回，但總是要想勸勸。

殊料他還未曾發話，雷捲好像已知道他要說什麼。

「你想念的人，未必見得著；你見得著的人，未必真的想念。」雷捲苦笑道：「就算你本來想念的人，只要天天見著，就不一定會很想念；本來不怎麼想念的，太久沒見，也會有些想念。情到濃時情轉薄，世事就是這樣，這樣也好，情若濃時，又豈在朝朝暮暮？」

戚少商知道他說的有些是違心之言，但他主要是爲自己開解，也且讓他說下去。

「人生裡忍耐的時間，一定多於成功的時間。」雷捲的臉眼，充滿了世間的風霜、世事的滄桑，「一個人如果要成功，就必須要能夠忍耐；就算不想成功，也得要忍耐，因爲，活著本身，就是一種忍耐。」

戚少商完全同意。

他知道雷捲說的是真話。

真話除了是肺腑之言，通常也是金玉良言。

雷捲最後加了一句：「走吧。」

戚少商只好啓程。

雷捲踏鞍翻身上馬，清清楚楚的感覺得到，在剛才轉身的剎間，確是有人在呼喚他，呼喚他的聲音遙遙遠去。

◇◇◇

其實在那一剎間，唐晚詞確在心裡呼喚著他。

雷捲繼續遠去。

唐晚詞境遇更危。

如果說深念或深知的人就算分開，也會有心有靈犀、特殊的感應，但要是相距愈遠，這心靈的感應是不是也愈漸消淡呢？

甚至，已全然失去了感應？

◇◇◇

至於無情呢？他眼看一群熱血朋友，全在危機之中，而他自己卻愛莫能助，他心裡當會是怎麼個急法？

——會不會比當日鐵手在安順棧裡，功力未復，而身旁好友如唐肯等眼看要喪在福慧雙修、連雲三亂手裡還急？

洪放呢？究竟要爲求生存而叛主，還是爲求盡義而拚死？他決定了沒有？下手了沒有？

◇◇◇◇◇◇

郗舜才大將軍並不知道在洪放心裡有那麼大的掙扎。

文張對洪放所說的話，他猶如充耳不聞。

他一向是個命福兩大的人。

他一向信任他的部下。

所以他以爲文張的話，對他部下根本起不了作用。

他壓根兒不相信他的部下會出賣他、背叛他。

他舞著大刀，飛砍文張，他的人就站在洪放身邊，跟他肩並著肩，一點防患也沒有。

其實，不疑人也是一種福氣。

一個人常常懷疑有人會對不起他，無疑是件很痛苦的事。

鄀舜才糊裡糊塗由小兵升了副將，在宮廷鬥爭裡不費力的就有了有力的靠山，又莫名其妙的被調來這山高皇帝遠的地方來當「土皇帝」，而且也胡胡混混中打了戰仗立下戰功，還發了點財，一直都是靠運氣成事，所以得來並不費力；他也豪爽好客，一生人只奢豪一些，海派一些，並不做有損陰騭的事。

——一個人天生機智聰敏或豪勇過人，甚或才能出眾，都不如天生幸運的好。

——幸運的人可以沒有一切才學，但能達成比有才學的人更大的成功。

鄀舜才並不能說很成功，但至少有糊塗好命，不必飽歷憂患，也不必操勞些什麼。

可是一個人怎能一世夠運？

——正如賭博一樣，你可以靠手氣贏十次八次，但不能靠它贏一輩子。

鄀舜才一向信任洪放。

他也一向重用洪放。

他根本不防洪放。

——這次他押的賭注，是輸還是贏？

——不過無論輸贏，他都是要付出性命的代價。

——如果洪放下不了手，文張也不會放過他。

——不過，有的人寧願死於敵手，有的人情願死在自己手裡，但誰都不願意死在出賣自己、背叛自己的朋友或部下手中。

所以，戚少商千里逃亡，他是決不願教顧惜朝如願以償。

◇◇◇

郗舜才對文張的話恍若充耳不聞。

他就在洪放的身旁，與洪放並肩作戰。

郗舜才旋舞大刀，竟是刺多於砍。

——能把大刀的使法易斬爲刺，又能使得這般嫻熟的，就算是「關東斬馬堂」的高手也未必辦得到。

看他出手，誰都會感覺到成功當非倖致。前幾年來的戎馬生涯，近幾年的錦衣玉食，郗舜才卻並未把功夫擱下來。

只不過他才揮刀，洪放突然從他身旁竄了過來，空手扣住他的手，探手扣拿他的手臂，郗舜才倉卒間大刀被奪，身子也被撳著，洪放一刀就向他頭顱砍去！

文張喝了一聲采：「好！」

郗舜才絕對信任洪放、梁二昌與佘大民。私底裡，佘大民還算佩服洪放，梁二昌對洪放則一直都是小心翼翼，處處提防。

——在同一個老闆手底下做事，想要徹底的做到坦誠相交、絕對互信，又談何容易？

洪放才一把奪過郗舜才的刀，梁二昌的七節蜈蚣鞭暴長急攻，叮向洪放背心。

洪放一刀向郗舜才砍去。

虛砍一刀。

全力的、拚命的、發狠的、不留餘地的一刀，卻是砍向文張！

文張好像早知道洪放有此一著。

他左袖裹住洪放的刀，右袖捲住梁二昌的蜈蚣鞭，突然前一送。

蜈蚣鞭被文張的袖子一借力，登時速度加快，而且七節鞭就似突變成七把鞭子，刺向洪放背部七處大穴。

洪放卻不避。

他只做了一件事。

他藉勢衝了過去，一把抱住文張。

文張沒料洪放真的拚出了狠命；如果洪放攻襲他身上任何一處，他都有辦法招架，可是洪放卻和身撲來，一把抱住了他。

洪放吼叫道：「快！」

文張右袖捲帶，梁二昌的蜈蚣鞭已刺入洪放背脊裡。

在一剎間，尖銳的痛楚直透入洪放的骨髓裡。

劇烈的痛苦使洪放知道：這是他最後一種感覺。

這痛楚是他自己的選擇。

——在賣友求存與全義取死間，他終於作了一個讓他心安的選擇。

他覺得很安詳。

他已盡了力。

他只希望他的同伴能夠把握他這個用性命換來的時機。

◇◇◇

梁二昌和余大民不能算是人才。

余大民反應太慢，他看見洪放攻襲郗大將軍，他嚇了一跳，再發現洪放撲向文張，他又嚇了一跳。

——一個常常被「嚇」了一跳的人，只怕在危急關頭擔不了什麼重責任。

時機稍縱即逝，等余大民回過神來，七節鞭已刺入洪放的背脊裡。

梁二昌的反應則太快。

——練過武的人都知道，反應太快和太慢的人都是缺點。

反應太慢的人，別人打你一拳，你還想不到用什麼招式來封路，已經被擊倒在地上。

反應太快的人則相反，別人肩膀一動，你以爲他要施「猛虎出柙」，便全力封架，但對方卻只一腳把你勾倒。

真正的反應，要不早不遲、不快不慢、及時適應、甚至能制敵機先，這才是一流高手所謂的正確「反應」。

梁二昌發現洪放攻向郗將軍，便立即以爲他「賣友求榮」，即時發動狠命的突襲。

所以他反而被文張利用，蜈蚣節扎入了自己戰友的背肌裡。

在混亂中，反而是郗舜才的反應最爲正確。

他的武功不高，但他信任洪放。

洪放奪了他的刀，他讓他奪。

洪放砍他一刀，他沒有躲。

那一刀轉斬文張，他也沒有驚奇。

——因爲他知道洪放一定會這麼做。

他也衝近文張。

可惜他手上已沒有大刀。

他立刻取出懷刃。

這一刃便刺向文張。

這剎那間，洪放緊攬著文張，梁二昌和佘大民，都在文張身前，亂了手腳，而郗舜才正撲向文張。

——要是在這電光火石間仍制不住文張，不但洪放白白犧牲，就連在場的人，只怕也無一能夠倖免。

◇◇◇

洪放陡然被震飛了出去。

他落到丈外之時，身上已沒有一塊骨骼不折裂。

文張的「大韋陀杵」，傳說中可以直追「少林三神僧」，但他如今可以不出手便把敵手震殺，運功之巧妙，恐怕還在「三神僧」之上。

他震飛洪放，郗舜才短刀已到。

他及時偏了一偏。

刀刺在他左肩上。

他右拳往郗舜才臉上痛擊。

——他在少林金剛拳的造詣，絕對要在「大韋陀杵」之上。

這一拳如果擊在郗舜才的臉上，就像把一塊大石砸在一隻雞蛋上一樣。

可是就在這生死一髮間，發生了一件事。

◇◇◇

一枚暗器，竟然能巧妙地越過文張身前的梁二昌，掠過在文張身側的佘大民，更在與文張苦苦纏戰的郗舜才髮間擦頰而過，「咻」地激射向文張的印堂！

文張百忙中一擰首。

暗器打入左眼。

鮮血飛綻。

文張只見左半視線，一片厲紅。

文張狂吼一聲，他那一拳，只擊在郗舜才的右肩上。

郗舜才飛了出去。

文張發現自己現在右邊的世界，才是一片血紅；而左邊的眼睛，已完全黑暗，一點東西都看不見。

他知道自己左眼已瞎。

左眼上的血，濺到右邊，所以望出去，盡是鮮血淋漓。

文張又驚又怒，又痛又急。

——一個人失去了眼睛，當然痛和怒，但他更驚急的是：那用暗器打瞎他一隻眼睛的，竟是他以為再也不能動彈、毫無威脅的無情！

◇◇◇

暗器是無情發出來的。

暗器是由無情手上發出來的。

暗器果是從無情手中的簫裡發出來的。

九四　沒羽箭、飛稜針

郗舜才飛跌出去，好半晌都爬不起來。

可是梁二昌和佘大民並沒有過去扶持他。

這是緊急關頭，誰都看得出來，不殺文張，不但洪放白白喪生，郗舜才負傷，甚且與文張敵者誰都不能活下去。

所以他們都在拚命。

拚命想在這稍縱即逝的時機裡格殺文張。

梁二昌的蜈蚣鞭早已脫手，佘大民及時丟給他一柄六合鉤；佘大民的六合鉤原有一對，但被張五、廖六扮鬼嚇得他魂飛魄散，六合鉤只剩下一柄，一時無及打鑄另外一柄。

梁二昌手裡的兵器雖不趁手，但一鉤在手，奮身搏擊，配合佘大民的白蠟桿槍搶攻猱擊，要把文張致於死地。

他們倆真的是在拚命。

因爲他們知道拚命才可能保住性命。

可惜。

可惜他們的武功跟文張相去太遠。

◇◇◇

文張既驚且怒，又痛又急，他瞎了一隻眼睛，痛得他全身都一齊滲出了冷汗。

痛還不是他所面臨的最大障礙。

血水流濺得他一臉都是，讓他另一隻眼睛視線模糊不清。

他看不清楚。正如戚少商失去了一條手臂，決不止是失去一條胳臂的不便，甚至連自身的平衡都頗受影響。一個人忽然失去了一隻眼睛，另外一隻眼睛開闔間也會引發刺心的痛楚。

文張幾乎是等於失去了一隻半眼睛。

更可怕的是恐懼：

——無情竟能使暗器！

——他既然發射了第一枚暗器，便能發射第二件暗器！

文張雖痛，但仍不亂。

憑他的武功，要應付梁二昌與佘大民的合擊仍綽綽有餘。

他怕的是無情的暗器。

他只怕無情的暗器！

◇◇◇

無情一出手，就打瞎了文張一隻眼睛，這無疑是粉碎了文張的信心，擊毀了文張的定力，讓他自知判斷失誤，而產生了極大的恐懼！

他恐怕無情會再向他發出暗器。

他後悔自己還是低估了無情，包括太相信了龍涉虛和英綠荷的話，太過肯定無情已失去發射暗器之力。

他現在唯一能做的事，反而不是急著要把梁二昌及佘大民放倒，而是要他們活著，繼續向他發動攻擊。

只能有活著的人，才能夠作爲他的掩護。

他沒有信心躲得掉無情的暗器，但他至少可以使無情不敢亂發暗器。

他既負痛，心裡又十分恐懼，但他的神智在痛楚中仍十分清醒。

他甚至一面用「東海水雲袖」去抗住梁二昌及余大民的撲擊，一面忍痛拔出嵌在眼眶的那一小片三角尖稜。

——稜上確是無毒。

如果有毒，他就不能再拖著纏戰，冒再大的險也要衝出重圍，或向無情進擊，活捉他逼他交出解藥，可是只要稜上確然無毒，他只願盡一切力量遠離無情。

想到他這次縱逃得掉，日後也少了一隻眼珠子，而臉上有這一道永久的傷痕，只怕升官也難免受點影響，想到這裡，他內心的痛苦，尤甚於肉體上的痛楚。

可是他仍鎮定應敵，決不亂了陣腳。

一個人能在此情此境仍不心亂，絕對已經算得上是個人物。

文張本來就是一個人物。

他經過許多次大難，都能重振，他不相信自己在這一次就喪在這裡。

他雖受了傷，但唯一畏忌的，仍是無情的暗器。

他經過一段時期的觀察，才肯定了無情已沒有能力放射暗器，沒想到，他這個判斷竟是錯誤的！

要命的錯誤！

——無情竟可以在剛才那麼混亂的情況下射傷了他，還幾乎要了他的命！

——無情竟仍能發放暗器！

——這年輕人竟這般沉得住氣！

◇◇◇

無情的確是沉得住氣。

無情真的無法發射暗器。

剛才他只是按發了簫管上纖巧的機簧，一點寒星，飛襲文張的印堂。

但文張避得絕快，所以他才不過瞎了一隻眼睛。

他一直在苦苦等待時機，可是文張反應極快，而他又要急著救郗舜才，畢竟不能把文張一擊格殺。

——這就麻煩了。

——文張必定更加警惕。

——這隻有虎牙獅爪的老狐狸，任何獵人要殺他都不易，何況，「獵人」本身已失去了捕獵的能力。

他這管簫裡有七十八片精巧細微的機括，而且不影響吹奏時的音調，但也就是因爲太精緻、太精巧了，所以只能發射三件暗器。

他已經發射了一件暗器。

第一件暗器最易命中，因爲文張沒有防備。

第一件暗器殺不了他，接下來的暗器便不容易傷得了他。

幸好，文張畢竟也受了傷。

而且還傷得不輕。

他只剩下兩件暗器，而敵人有四個，他不允許自己再失手。

他自己雖沒有發射暗器的能力，但一個暗器好手，手勁內力，還在其次，速度與技巧還可以用機括補足，更重要的是準確性和時機的把握，要在刹那間把敵人在一定的距離內命中，這就非得要有快而精確的判斷力不可。

無情在八歲的時候，就已經訓練自己在完全黑暗的大房子裡，隔了數十重紙牆，上面只開了一個髮絲般的小孔，遠處放了一柱點燃的香，就憑這一點金紅，他便能射出飛針，穿過數十重紙孔，擊滅香蒂。十一歲的時候，他可以在三丈外發暗器，射下濃密的繁葉叢花裡的一條幼蟲，而不驚落一瓣花葉；也可以發刀削去迎空飛旋的繩翅，蒼蠅落地時，除了雙翼被削去之外，還活生生的。

很多人不敢接近使暗器的人，以爲使暗器的人心腸也必歹毒，其實這是說不通的，用刀的人亦會有好人壞人，正如做官也有好人壞人一樣。

無情的暗器，只用於正途；所以武林中的人都認爲他是繼唐門之後，第一位把暗器推入「明器」的高手。

凡學任何事物，要成爲宗師，都必須要有天分，下苦功而無天分者最多只能成事，但未必能成功。

無情對暗器極有天分。

如果這一片三角飛稜，如果是從他手上發出去而不是從簫管裡的卡簧裡射出去的話，文張現在就必定是個死人。

文張現在仍能活著，就是因爲無情還不能親手發出暗器。

這點文張卻不知道。

他若知道，就不會這般恐懼，而梁二昌與余大民，只怕立即就要死在他的「大韋陀杵」下。

◇◇◇

文張顧忌無情的暗器。

無情的簫管裡只剩下兩件暗器，他自己卻不能發暗器。

這兩人一個防著對方的暗器，一個卻不敢輕發暗器，但還有一人的心理也在這頃刻間產生極大的變化，不過這點誰也不知、誰也不曉。

那就是梁二昌。

◇◇◇

梁二昌也是人。

凡是人總貪圖富貴，而且大都怕死。

他投靠「將軍府」，爲的便是要活得更好一些，而今他爲郗舜才拚命，也是爲了以功勞換重用，以重用取富貴。

可是他一早就知道，文張的官階要比郗舜才高，而且在他那兒，升遷機會較大，而他又剛剛發現，文張的武功要比他們加起來都高出許多。

梁二昌跟一般平常人一樣，他怕死，而他又可以說是特別怕死。

他有四個老婆，十一個兒女，有的已嫁人娶媳，加上有兩棟大樓，三處田莊，這幾年來他很是積蓄了些錢，誰有了這些東西，難免都更貪生，同時也更怕死。

剛才要是文張那一份話是向他叱喝的，他早已倒戈相向，一鞭子把郗舜才打翻了。

可是文張眼裡並沒有他。

他只好拚死。

拚死才能求活。

他還要維護郗舜才，因爲郗舜才仍是他的雇主、他的老闆、他的希望。

故此，洪放一對郗舜才動手，他就立即對洪放出手——只有他心裡對一事再清楚不過：文張用袖子借力，把他的蜈蚣鞭刺入洪放的腰脊裡，看來他是被迫的，並且是不可避免的。

其實不是。

他仍可以運功力抗，不過，一隻膀子則非折不可。

他不願折臂，尤其是在這正需要靠自己實力拚命的時候。

所以他寧可「誤」殺了洪放。

洪放一死，郗舜才負傷，在這一刹裡，他甚至想在後掩殺了余大民，然後向文張跪下來求饒，只要文張肯放過他，他不借去替文張殺掉三劍僮、活抓唐二娘，任憑文張處置。

不過，在他還沒來得及行動之前，一縷暗器，呼嘯而過，擊中了文張。

文張血流披臉。

——原來無情仍能發暗器！

梁二昌立即精神抖擻，狠命搶攻文張，一方面他知道有無情的暗器照應著，自是什麼都不怕；另一方面也正慶幸自己並沒有一時糊塗，幹出殺主投敵的事來，否則，無情的暗器一定會要了他的命。

可是他跟文張一樣，都忘了一個要點：

——要是無情的暗器真能發放自如，又怎麼忍心讓三劍僮頻遇凶險，又如何眼見洪放身亡，仍沉得住氣？

不過剛才的事對於梁二昌而言，無疑是在全忠盡義與賣友求生間打了一個轉回來。

他決定還是要「爲主殺敵」。

其實人生有很多時候，都會在良善與邪惡間徘徊，在正義與罪惡間作抉擇，一切細微的變化，剎那間的決定，都有可能會改變了這個人和這局面的一切。一個人的變化，往往是不由自主的；一個人的不變，可能也身不由己。

文張不求取勝，只求不敗，只要仍在纏戰，無情的暗器就絕不容易傷得著他。雖是有這種想法，文張心裡仍覺恐懼。因爲剛才無情發暗器射中他一隻眼睛時，也是在人影交錯、倏分倏合的劇烈交戰中。

無情仍然準確地傷了他。

他這次雖有防備，但卻無信心。

就在這時候，戰局上有了一個突然的變化：

唐晚詞手上的短刀，被舒自繡的鉤鐮刀砸飛。

唐晚詞卻極快的擊中了英綠荷一掌。

原本唐晚詞手中刀被震飛，應是盡落下風、更增凶險才是，但英綠荷反而遭了她一擊，那是因爲唐晚詞早已準備自己的兵刃保不住了，甚至自度難逃毒手，所以早已蓄意拚著兵器脫手、敵人得意之際，發出一道殺手，傷了英綠荷。

英綠荷傷退。

唐晚詞退了三步，忽也搖搖欲墜。

英綠荷顯然已作出反擊，唐晚詞也著了道兒，看來還傷得不輕。

舒自繡已掩撲過去。

他一向都是文張的親信，也是好幫手；像文張這麼一個一向都懂得把握時機的人，他的得力手下也決不會任由良機錯失的。

舒自繡也覺得唐晚詞好美。

所以他的鐮刀是揮了出去，但並不是要一刀殺了唐二娘，唐晚詞如果著了他這一刀，肯定不會死，只是一對腳就成了廢腿，舒自繡就是喜歡這樣子。

他喜歡把不聽憑他擺布的女子，廢了筋脈後任憑他淫辱，唐晚詞畢竟不是元兇，文張很可能會把她分配給他，他自覺自己爲文大人立了不少汗馬功。

何況唐晚詞又那麼美艷；他在第一次遇到她之後，念念不忘的不是同伴酈速遲之死，而是這艷辣女子的音容。

舒自繡鐮刀揮出。

他眼前已可想像得出這女子哀婉倒地的情形。

沒料倒地的不是唐晚詞。

而是他自己。

◇◇◇

舒自繡倒地而歿。

他的眉心被一箭穿過，沒羽箭長七寸三分，剛好自他後腦穿了出去。

無情不得不發出第二件暗器。

然而他的暗器只剩下最後一件了。

這最後一件暗器，已絕對不能失手，而且，要是這暗器還不能把局面扳過來，恐怕局面就要永遠扳不過來了。

無情神色依然鎮定冷漠，但他鼻尖已滲出了汗珠。

——這些人的性命，還有他自己的存亡，全寄望於簫孔裡最後一枚暗器上。

偏偏他知道第三枚暗器是份量最輕的一件。

那是一口針。

這細細的一管簫，定不能藏得住太多或太重的暗器。

簫管一共只有三件暗器：飛稜、沒羽箭和針。

針長兩寸三分。

針的分量最輕。

針至多只能傷人，不易殺人。

除非那針上染有劇毒，或射入血脈，順血攻心，才能致人於死命。

無情的暗器從不沾毒，這口細針也不例外。

◇◇◇

就在這時候，文張突然發動了最狠烈的攻勢。

無情一分心射殺舒自繡之際，梁二昌的頭顱忽然裂了。

文張的「大韋陀杵」震退了佘大民，「大力金剛拳」擊殺了梁二昌，猱身撲擊郗舜才。

他決定要把郗舜才作人質，讓他可以有所挾持而求退走。

——郗舜才好歹是個將軍。

——無情決不能不有所顧忌。

文張不知道無情手上簫管裡的暗器，只剩下了一件，他只知道這是個活命的好機會。

他決意要一試。

九五　最後的暗器

文張攫撲向郗舜才！

郗舜才一條右臂已抬不起來，要不是文張傷目在先、繼而傷臂，文張那一拳早就廢了他一條膀子！

郗舜才痛哼出聲。

一個人的臂骨被打出了裂縫，不痛得打滾才是怪事，郗舜才這位大將軍當真是痛得迸出了眼淚。

不過他痛歸痛，這痛楚並沒有令他膽怯，反而激發了他上陣殺敵、衝鋒陷陣的豪情！

他已忍痛拾起大刀，正要揮刀加入戰團，文張卻已找上他了！

文張的右袖一長，捲向他的脖子。

郗舜才大步橫跨，一刀砍向他的左肩！

文張左目已瞎、左臂還插著刀子。

郗舜才這下以膽搏膽，不退反攻！

文張左邊視線不清，左半邊身子轉動不靈，郗舜才這一刀正砍向他的罩門。

這一刹那，被震退的余大民正踣踉後退！

文張以急變應變急，右手長袖一捲，已捲住余大民，往郗舜才的刀口上一送！

郗舜才慌忙收刀，但他那一刀盡全力而出，氣勢驚人，力道只及收回一半，但刀勢依然砍落！

余大民嚇得魂飛魄散，白蠟桿一橫，險險架住一刀，棍桿折而爲二，郗舜才手中刀也脫手飛去。

這只不過是電光火石、迅若星火間的工夫，文張已把握住時機，一手捏住郗舜才的咽喉。

——只要能抓住郗舜才的咽喉，就像按住無情的雙手。

——無情不敢施放暗器，他就會有活命之機。

文張的手一觸及郗舜才的喉嚨，就像抓著了一張「免死金牌」。

他正要放心發話，就在這刹間，忽覺頸側一涼，他連忙放手去抓，但那一截針頭，剛剛攢入頸內，他的手指頭跟針頭輕輕一觸，但卻抓了個空。

那口針已鑽入血脈裡。

——無情已出了手。

無情已在這千鈞一髮間，射出了他的那口針。

——那一件「最後的暗器」。

◇◇◇

這件暗器在郗舜才擋在前面、余大民仍與文張糾纏之間，準確地命中目標。

文張一怔。

他的手摸在頸上，雙眼發直。

然後，他怪叫一聲，仰天而倒。

◇◇◇

無情「最後的暗器」，得到最大的成功。

無情放下了簫管，只覺眼皮子在抖動，手也在顫抖。

有些人在危機時從不畏懼，但在危機過後反可能心悸。

——要是射不中怎麼辦？

無情幾乎不敢細想。

◇◇◇

文張一倒，局勢再變。

舒自繡中箭身亡，英綠荷頓失強助，但她仍能與唐晚詞一戰，可是文張倒下之後，她就心慌意亂，唐二娘黑髮一甩，掃中她的臉眼，慌忙間連鐵如意都被唐晚詞奪了過來，英綠荷已落盡下風，只求突圍而逃。

難怪古時陣戰，極講究雙方主將的交戰，只要一方主將敗亡，軍心大失，此消彼長，勝負立判。

不過這在龍涉虛，卻反不似英綠荷那麼受外在環境的影響。他比葵扇還大的巴掌，已掃著鐵劍一下，鐵劍僮子翻跌出去，哼哼唉唉一時站不起來。

剩下的銅劍和銀劍，要應付這個巨無霸就更爲吃力，因爲要刺中他不難，但要刺傷他卻難上加難，這樣下去，劍僮身法再靈活也沒用，只成了全面挨打。

幸好余大民這時已趕了過來。

他舞著兩截白蠟桿，橫掃直刺，厲風尖嘯，龍涉虛的「金鐘罩」雖強，但也不能不存些顧忌。

無情卻無能爲力。

別說他已發不出暗器，就算簫管裡有暗器，對這硬功橫練的巨漢也感無處下手。

他說：「取他的招子。」

招子就是眼睛。

可是龍涉虛對自己的一對招子保護十分嚴密，而且人身上的數大死穴，他都練得刀槍不入，別人好不容易才攻著他一下要害，他只一閉氣，就捱了過去。

余大民跟劍僮一樣，愈打就愈心慌。

無情忽道：「不要讓他吐氣！」

——他看出龍涉虛的硬門功力，全憋在一口氣上。

——只要讓他一口氣吐不出來，他的「金鐘罩」就有罩門可襲了！

他這句話一出口，龍涉虛就怒吼一聲，力圖突圍！

這一來，誰都知道無情正是道破了他的生死門！

余大民和兩劍僮立時交換了眼色：

——他們知道該怎麼做了！

◇◇◇

他們雖知道「怎麼做」，龍涉虛卻也知道這是他的生死關頭，返首揮拳，力圖突圍而去！

他力大無窮，更拔出三尖兩刃齊眉棍揮舞，銀劍和銅劍抵擋不住，余大民的一對白蠟桿，也攔他不住，眼看就讓此獠撲奔而去，忽然，龍涉虛往下一栽！

原來受傷在地的鐵劍，認準龍涉虛的去勢，巧妙的借力，把龍涉虛一絆，龍涉虛衝力愈大，愈難平衡，一失足摜倒了下去，連手上兵器也脫了手。

龍涉虛一倒，郗舜才第一個已撲了上來，一腳踩住龍涉虛左脖子，右手力扳龍涉虛的右手，另一足發力，苦苦頂壓著龍涉虛的掙動。

龍涉虛力大如牛，但郗舜才天生神力，兩人糾纏在一起，龍涉虛受制在先，但郗舜才吃虧在一臂傷折，龍涉虛正要以雙足回蹴，余大民護主心切，雙手一攬，緊緊抱住龍涉虛的雙腿。

這一來，龍涉虛當真全身被箍個結實，動彈不得。

銅劍、鐵劍、銀劍都甚精乖靈巧，三人一齊動手。

鐵劍捏住了龍涉虛的鼻子。

銀劍抓住了龍涉虛的唇。

龍涉虛初還不覺如何，掙動了一會，一口氣憋住了無處可出，整張臉脹得通紅。

銅劍提起小巧而淬厲的劍，對準龍涉虛的百會穴，只等他氣功一破，立即一劍刺下去。

龍涉虛一口氣透不出來，又不能換氣，這「金鐘罩」遲早要破，不然也得給活生生憋死。

他這一身硬門氣功，連戚少商都破不了，這次卻給無情一語道破，數人齊心協力之下，龍涉虛腫漲得像一隻鼓氣蛤蟆似的，偏又掙脫不得。

不料，有兩個變化遽然發生！

文張一倒，英綠荷便只顧逃，不敢戀戰！

緊接著龍涉虛也仆倒在地，情況危殆，英綠荷更不顧一切，只求逃命！

這時候，第一件不可思議的事便發生了！

文張像一隻怒豹般彈了起來！

他一目已瞎，臉上布血，披頭散髮，半邊身子也被鮮血濡染，左肩還插著一把明晃晃的利刃，臉上神情，甚是可怖！

他一彈了起來，疾掠往龍涉虛那兒的戰局去，人未到，手一揚，嗤地一枚銀針，射入銀劍左頰，銀劍哎唷一聲，掩臉而退。

龍涉虛趁機張開大口，用力吐氣。

文張人已撲近，一手抓住銅劍的後頸。

這下事出倉然，連無情也不及發聲警告，銅劍更來不及抵抗閃躲。

銅劍已被抓住，文張以此爲盾，一臉獰惡之色，邊退邊厲聲道：「無情，你要敢發暗器，我就殺了他，我就先殺了他！」

他厲呼而退，疾向道旁一匹健馬掠去。

無情縱想發暗器，也不敢妄動，更何況，就算他敢，也有心無力！

——因爲他的暗器已發光！

文張要是知道這一點，一動手就可以殺了他！

這剎間，無情心中無限痛悔！

——原來文張並沒有死！

——他佯作倒地而死，實是默運玄功，將潛入血管的銀針逼出來，覷得著個大夥兒都不防備之時，用剛逼出來的針射傷銀劍，一把掠住銅劍，用以作退身之人質。

一個疏失，後患無窮。

無情只有向銀劍急叱道：「不要亂動，快把針拔掉！」

文張心性殘毒，自己瞎了一眼，對小孩子也不放過，原要射盲銀劍一目，但文張因懼無情，發放暗器之時，出手間仍分心提防，加上他一目已瞎，認位不準，左肩傷痛，銀劍及時把頭一偏，那一針只釘在銀劍頰上！

頰上有骨，細針不易流入血管。

無情知道只要銀劍不妄動，細針頭並不難取出！

真正危險的是銅劍！

可是他有什麼辦法？

這時，卻有另一個變化同時發生！

文張一旦「復活」，唐晚詞不免爲之稍微分神。

英綠荷左手本可趁這一刻全力反擊，但她反而把握這時機，拚命奔逃！

——她數度遇險，心中矢誓，只要一有機會就逃，決不再冒這種隨時丟掉性命的險！

◇◇◇

英綠荷一逃，唐晚詞也不追趕！

她撲奔向龍涉虛！

銀劍一傷，龍涉虛便能吐氣！

只要他再吸氣，神功斗發，只怕郗舜才、佘大民再也制不住他。

唐晚詞知道了時機稍縱即逝，刻不容緩。

她的鐵如意閃電般遞出，插入龍涉虛正在張大口吸氣的嘴裡！

龍涉虛慘叫一聲，不知哪來的氣力，整個人都彈了起來。

唐晚詞被一股大力撞倒，郗舜才傷臂受震，痛極鬆手。

龍涉虛神情可怖，把鐵劍嚇得不住往後退，跟受傷的銀劍偎在一起。

龍涉虛雙手拚命往嘴裡挖，要掏出那一柄鐵如意。

余大民拾起地上的兩截白蠟桿，左擊龍涉虛臉門，右戮龍涉虛頸骨。

兩記同時命中。

龍涉虛狂吼，身子壓向余大民！

余大民眼見龍涉虛的「金鐘罩」已破，自己一擊得手，正狂喜間，已不及閃躲，被龍涉虛雙手箍住脖子，扭倒於地。

郗舜才再撲上前，想把龍涉虛從余大民的身子分開，饒是他孔武有力，但龍涉虛似拚盡了全力，任怎麼下重手也扯他不開！

唐晚詞掙扎而起，把心一狠，拾起雙刀，一連數下快砍，才把龍涉虛的兩臂分了家，再看余大民，已臉色紫脹，舌吐三寸，頸骨折斷，竟給龍涉虛當場扼死！

再看龍涉虛，只是他也早已暴斃。

眾人心有餘悸，唐晚詞心裡尤爲分明：如果英綠荷不是貪生怕死、置併肩作戰之同伴生死不顧，她再在旁攻上來，只怕局面就要完全改變：雖殺得了龍涉虛，自己方面的人很可能也要傷亡殆盡！

他們險死還生，一面還替銀劍拔除臉上銀針，再看那邊廂，卻發現文張、銅劍和無情卻都不見了！

——他們去了哪裡？

無論他們去了哪裡，無情又怎是文張之敵？更何況，銅劍還被扣在文張的手裡！

◇◇◇

文張當然不求傷敵，只想以銅劍要脅無情，使自己得以保命。

他挾著銅劍，躍上一匹駿馬，雙腿用力一挾，那匹馬急馳而去。

那時分，正好是英綠荷退走、龍涉虛反抗、唐晚詞忙著要殺他之際！

大家都在生死關頭，誰都無法分心出來兼顧這一方。

無情一咬牙，雙手往地上一按，竟翻身上了馬匹，右手控疆，左手一拍馬臀，這匹馬立即潑蹄奔去！

這一跨身，幾乎已盡了無情的全力。

他才發力，「秋魚刀」的蘊力發作，全手麻痹，甚至延及全身。

——只要再給他多一、兩天，至少他就可以發放暗器了！

他不能不冒險苦追，因爲他知道，要是自己不追上去，文張一旦逃脫，必定會殺掉銅劍，決不會留他活命的！

——以文張向來行事狠毒，縱連幼童也絕不會放過。

他明知就算他追著了文張，也全無用處，可能還要賠上一條性命，可是他不得不去。

他對四劍僮，猶如自己的兄弟、骨肉。

——金劍的死，已讓他痛悔深憾！

無論如何，他寧可自己死，也不讓文張對銅劍下毒手！

◇◇◇

文張什麼人都不怕，只怕無情。

但他發現什麼人都沒有追來，追來的就只有無情！

一個無情，那就夠了！

文張已嚇得魂飛魄散。

無情雙腿殘廢，要追上文張本來不易，但文張左肩重創，一隻手又要攏布銅劍，雖已把他制住要穴，不過，因爲生恐無情向他背後發射暗器，只好把銅劍擺在身後，這樣一來，又要策馬制人，又要提防暗器，鬧得個手忙腳亂，只有靠雙腿來夾控坐騎的奔馳。

如此一來，無情倒是愈追愈近。

這時候，他們一追一逃，已馳近貓耳鄉。

貓耳鄉是離倒灶子崗不遠的一處大鎮，位居要塞，地方富庶，倒是農田耕作，商賈買賣的要津。

文張等人選在燕南與貓耳鎮之間的倒灶子崗下手，因該地雖在官道，但常人多抄小徑，官道上反人跡鮮至，若無情熟悉這處一帶地勢環境，定當會阻止郗舜才選官道上走。

文張見擺脫不掉無情，便極力馳往市鎮。

——人一多，無情便不敢胡亂施放暗器！

——只要無情投鼠忌器，自己便有活命之機！

文張做夢也料不到自己完全弄錯了！

如果他現在掉過頭去追殺無情，只要在三招之間，便定可取下無情的人頭！

可惜他不知道。

因此他只顧逃命。

如果他知道只要自己一回頭就可以把無情一拳打死，恐怕他得要後悔上一輩子。

請續看下卷《易水蕭蕭》

【武俠經典新版】四大名捕系列

四大名捕逆水寒續集（中）十面埋伏

作者：溫瑞安
發行人：陳曉林
出版所：風雲時代出版股份有限公司
地址：10576台北市民生東路五段178號7樓之3
電話：(02) 2756-0949
傳真：(02) 2765-3799
執行主編：劉宇青
美術設計：許惠芳
行銷企劃：林安莉
業務總監：張瑋鳳

初版日期：2021年07月新版一刷
版權授權：溫瑞安
ISBN：978-986-352-943-9
風雲書網：http://www.eastbooks.com.tw
官方部落格：http://eastbooks.pixnet.net/blog
Facebook：http://www.facebook.com/h7560949
E-mail：h7560949@ms15.hinet.net
劃撥帳號：12043291
戶名：風雲時代出版股份有限公司
風雲發行所：33373桃園市龜山區公西村2鄰復興街304巷96號
電話：(03) 318-1378
傳真：(03) 318-1378
法律顧問：永然法律事務所 李永然律師
　　　　　北辰著作權事務所 蕭雄淋律師
行政院新聞局局版台業字第3595號 營利事業統一編號22759935

國家圖書館出版品預行編目資料

四大名捕逆水寒續集（中）／溫瑞安 著. -- 臺北市：風雲時代，
2021.02-　冊；公分

ISBN 978-986-352-943-9（中冊：平裝）

1.武俠小說

857.9　　　　　　　　　　　　　　　　　　　　109019980